뵐룽 아흐레

김병호 소설

뷜룽 아흐레

토마토

김병호

장편 SF『폴픽 Polar Fix project』가 있다.
시인이기도 하며 과학 글을 비롯해 각종 산문도 쓰고 있다.

목차

뵐룽 아흐레	7
내비게이션	111
여행	147
후기	227

빌룽 아흐레

01

　기록에 의하면, 아니 전해진 말에 따르면, 아니 다 늙은 허공이 밤새 속삭이길,
　그가 엄마의 배 속에 있을 때, 불룩 나온 배를 안고 길을 가는 엄마의 그림자가 막 전원을 켠 브라운관 텔레비전처럼 가끔 깜박였다고 한다. 그림자가 켜졌을 때 초음파 사진처럼 웅크린 태아의 모습이 바닥에 어른거리기도 했다는데, 또 누구는 그가 웃고 있었다고 말하기도 했다. 물론 믿는 사람은 없었지만 소문을 들은 참새들이 엄마의 불거진 배꼽에

앉으려다 떨어지기도 했고, 이른 여름 좁은 길을 가득 채운 두꺼비들이 딱 보폭만큼 길이에 딱 발 디딜 만큼만 바닥을 내주어 임산부는 미끈거리는 두꺼비 등 대신 어렵사리 땅을 밟으며 걸었다. 집에 이른 여인이 신발 바닥에 늘어져 붙은 껌을 떼느라 애를 먹고 있을 때 옆 마을에서는 배 나온 여인이 두꺼비 위를 걷는 기적을 행했다는 말을 전하며 그해 담배 농사가 잘될 거라고 웅성거렸다.

    이런 일들은 여인이 동산 아래 버스 정거장에서 이상한 돌을 만난 후부터 일어나기 시작했다. 기사들에게 밥 먹을 시간을 주지 않은 회사 때문에 밥 먹듯 늦게 다니는 버스를 기다리다 지루했던 여인은 당연히 두리번거렸고 그때 산에서 굴러 내려온 듯한 작은 돌을 발견했다. 정거장 뒤 배수로 위에 살짝 걸려 있던 주먹보다 조금 큰 돌은 전체적으로 미끈한 달걀의 형태 위에 부분부분 흙이 묻어 있었는데, 신기하게도 흙이 묻지 않은 표면이 흠뻑 조명을 받은 보석처럼 밝은 보라색으로 빛나고 있었다. 여인은 불룩한 배를 보듬으며 힘겹게 쭈그려 앉아 돌을 향해 팔을 뻗었다. 그러자 돌은 천천히 바람 빠지는 풍선처럼 쪼그라들어 빛을 잃었다. 이때 허공에 보라색 기운이 퍼지며 여인의 손등을 스치는 것을 여인은 느끼지 못했지만 대신 멀리 고갯길을 내려오는 버스를 보았기에 다시 힘겹게 일어나야 했다.

담배 농사에 관한 소문이 잦아들던 어느 날이었다. 길을 가던 한 노인이 여인과 마주치자 깜짝 놀라며 돌아서 세 번 침을 뱉고 다시 돌아서 여인에게 깊게 허리 굽혀 인사했다. 배 나온 여인이 이유를 묻자,

"당신은 장차 엄마가 될 것입니다."라고 했고 여인 또한 답례로 세 번 침을 뱉었다. 돌아서 갈 길을 가던 노인은 얼굴에 묻은 침을 닦으며 자신이 엄마라는 말 앞에 '세상에서 가장 오래 살 아이의'라는 말을 빼먹었다는 사실을 깨달았다. 그 순간 배 나온 여인은 말벌의 비행음에 섞인 노인의 목소리를 똑똑히 들을 수 있었다. 그러나 여인은 기쁘지 않았다. 순간 여인의 눈에 보라색 머리카락을 가진 젊은이의 모습이 얇은 꿈처럼 어른거렸고 또 그를 향해 날아가는 총알의 환영을 보았기 때문이다. 여인은 눈 뜨고 만난 한낮의 꿈을 배 속에서 웃고 있는 아이와는 아무 상관 없는 일이라고 되뇌며 애써 잊었다.

아이는 사내아이로 태어났다. 태어나서 보름달을 향해 엄지손가락을 세우거나 사람들에게 전생의 기억을 들려주거나 하는 유별난 행동은 하지 않았다. 대신 머리카락이 나지 않아 오랜 시간 동안 반짝반짝 빛나는 두피로 사람들의

눈을 간지럽히며 지냈다. 유난히 빛나는 두상 때문에 적잖은 사람이 머리 바깥으로 번져 나가는 빛의 테두리를 목격하고는 했는데 친인척들은 이를 후광이라 주장하며 성인들이나 가지고 있는 기적의 징후라고 말했고, 듣는 이들은 습관적으로 끄덕였다. 그러나 이런 특징을 제외하면 아이는 아주 평범했다. 아니 조금 처지는 축이었다. 두 돌이 다 되어 허공을 향해 처음 뱉은 말이 "밥, 바압, 밥"이었고 같은 산부인과 출신 아이들이 옷장을 기어오르고 거기서 공중 이 회전을 하면서 뛰어내릴 때 겨우 일어서 아장아장 걷기 시작했다.

아이는 씻는 일을 몹시 싫어했으나 벗고 지내는 일은 아주 즐겼다. 걷기 시작한 지 얼마 지나지 않은 봄날 기저귀 하나 걸치지 않은 몸으로 오래전 인도의 왕이나 즐겨 갖추는, 한 무릎 위에 오른 팔꿈치를 걸친 자세로 앉아 허공과 대화를 나누고는 했다. 심심한 왼손은 자신의 고추를 감싸고 있는 피부를 고무줄 삼아 늘였다 놓았다를 반복하며 탄력을 시험하는, 보기에는 별로 좋지 않은 놀이를 하고 있었다.

잠시 후 아이는 울기 시작했다. 그것은 마을이 생긴 이후 가장 큰 울음이었다. 지나던 꿀벌 한 마리가 아이가 사탕을 빨다 고추 위에 흘린 침에 이끌려 그 자리에 앉았고, 방문 기념으로 여덟 번 침을 놓았기 때문이다. 많은 사람이 벌 한 마리는 한 개의 침만을 가지고 있다고 알고 있지만 벌 중에도 기이한 벌이 없지 않았다고 벌들이 전했다.

육지에 올라탔던 바닷물도 힘이 다하면 썰물로 내려가듯 울음 또한 언젠가 잦아드는 법, 그 울음이 물 빠지는 동안 아이는 아흔아홉 번의 울음 딸꾹질을 이어 가 이 분야에서 비공식 세계신기록을 달성하기도 했다.

이 사고로 아이의 고추에는 선명하게 흉이 자리 잡았다. 고추를 덮은 살이 펼쳐질 만한 성인이 되자 그 흉을 확인할 수 있었는데 누가 보아도 선명한 북두칠성이었다. 여기에는 숨겨진 진실이 있는데 북두칠성은 일곱이 아닌 여덟 개의 별로 이루어져 있다는 사실을 벌도 알고 있었다는 점이다.

몸이 자란 아이는 '나는 아홉에 이르러야 하니'라고 중얼거리며 배꼽 아래 침을 놓아 북두칠성과 마주하는 북극성까지 새겨 넣었다. 누구도 확인하지 못했지만 그의 몸에 뜬 아홉 개의 별이 스스로 별의 아이라 부르는 이유라고 전하는 소문이 있었다.

아이가 열아홉 살이 되던 해에 그림자만 긴 노인이 찾아왔다. 꿈속이었는지도 모를 일이었다. 아이에게 등을 보이고 선 노인은 바닥에 세 번 침을 뱉고 돌아서 아이에게 편지 한 통을 전해 주었다. 누군가는 그냥 접은 종이일 뿐이라고 전했다. 아이가 선뜻 펼친 종이에는 연필이 지나간 흔적이라고는 없었다. 다만 아기 주먹만 한 흐린 얼룩이 있었는데 아이는 보자마자 그것이 엄마의 눈물이라는 사실을 알아챘다. 아이는 늦되었으나 이 정도는 알 수 있었다.

종이가 품고 있는 얼룩에서 아이는 엄마의 일생을 읽었다. 오래전 떠난 아이의 아비를 찾아 또 오래전부터 먼 땅을 떠돌던 엄마의 시간을 읽었다. 그리고 엄마의 죽음 또한 뼈저리게 느꼈다. 아이는 힘차게 까무러쳤다.

아이는 그렇게 죽은 듯 누워 있었고 아흐레 만에 다시 눈을 뜬 아이는 아무것도 기억하지 못했다. 막 전원을 켠 브라운관 텔레비전이 깜박거리듯 순간순간 긴 고행을 마친 수행자처럼 늙어 보이기 시작한 아이는 더 이상 아이가 아니었다.

그리고 벌침으로 흉을 새긴 이후 처음으로 울기 시작했다. 마을이 생긴 이후 가장 조용한 울음이었다. 울음을 내려놓을 때 아이는 아홉 번의 울음 딸꾹질로 모든 고통을 말할 수 있었다. 그리고 이것이 아이의 마지막 울음이었다.

02

 기억에는 산 것과 죽은 것이 있다. 죽은 코는 아무리 파도 코피가 되어 돌아오지 않듯 그의 기억 중에는 죽은 것이 십중팔구였다. 기억에 산 것과 죽은 것이 있다면 그중 산 것은 양귀비꽃처럼 흔들리기라도 해야 했다. 작은 촛불처럼 꺼질지언정 흔들리기라도 해야 했다. 기억에 산 것과 죽은 것이 있다면 그의 것은 이미 오래전에 사라지고 없는 것이다. 그렇게 생각했다.
 '배부른 개구리가 돼지처럼 하품한다고 해서 양귀비꽃이

되지 않을 것이니, 그리하여 나는 내 그림자가 하나도 없는 이 땅에서 계속 숨 쉬어야 하는가?'

그는 생각했다. 그리고 물집이 잡히는 즉시 다시 터지는 발바닥으로 땅에게 물었다.

'생명이여, 그대는 왜 사는가?'

잠 없이 사흘을 헤매고는 어느 순댓국집 앞에서 하염없이 돌고 있는 물레방아 앞에 섰다. 온갖 색전구들을 매단 요란한 물레방아였지만 그 앞에 선 그는 스스로에게 물었다. 그러자 뜻밖에 물레방아가 대답했다.

'가능한 오래 살기 위해 산다네.' 그는 놀랐지만 놀랄 수 없었다.

'그렇다면 생명이여, 왜 그토록 오래 살려 하는가?' 그는 스스로에게 묻듯 짐짓 다시 물었다.

'그래야 왜 사는지 알 수 있지 않겠는가?' 물레방아의 목소리는 깊었다.

'그리하여 생명은 이리 의미 없이 돌기만 한단 말인가?' 그는 땅이 꺼지는 듯 허망했다. 이어 '오줌 싸고 물 내리고 똥 싸고 물 내리고 방바닥에 머리카락이나 뿌리면서 또 내일을 맞고 그렇게 뱅뱅 돌면서 살아도 된다는 말인가?' 다시 물레방아가 끼어들었다.

'나는 물레방아가 아니던가!' 그는 다시 생각했다.

'돌기만 해도 뜻이 생긴단 말인가?'

'나는 돌기라도 하는 물레방아가 아니던가!' 그러나 그때는 어떤 대답도 그의 생을 채울 수 없었다. 그는 출입문을 열고 안으로 들어가 일단 배를 채웠다.

그는 다시 걸었다. 걸으며 걸음마다 번쩍이는 이마로 하늘을 추궁했다.

'숨 쉴 이유를 나는 가지고 있는가?'

그때 한 노인이 다가와 그에게 말했다. 끊어질 듯한 목소리였다.

'아임 유어 파더(I'm your father).' 그는 놀랐지만 놀랄 수 없었다.

'그대가 나의 아빠라면 나의 엄마는 그대의 부인인가? 내 엄마인가? 어떤 엄마에게 남자가 있다고 해서 어떤 남자라도 나의 아빠가 아닐 터, 어떤 남자가 나의 아빠가 아니라면 또 어떤 엄마도 나의 엄마가 아니기에 모든 엄마가 나의 엄마가 될 수 없으니, 그리하여 살아 있던 나의 엄마는 어디에 있는가?'

이후 그는 지나는 모든 노인을 붙들고 흔들었다. 누가 세 번씩이나 침을 뱉었는지 물었다. 그리고 천년을 산 노송의

가냘픈 가지를 그러쥐고 협박했다. 제발 말해 달라고.

'모든 사람은 이처럼 거짓말을 하는가? 그리하여 생은 거짓말인가?'

노송이 뿌리를 움직여 낮은 음성으로 말을 시작하자 소나무껍질이 비듬처럼 떨어졌다.

'당신 또한 사람일진대.' 소나무의 답이 끝나기 전부터 그는 껍질을 덜어 낸 천년의 맨살을 쓰다듬고 있었다.

'그렇다면 내 질문도 거짓이기에, 생은 질문과 대답이 서로의 꼬리를 물어뜯으며 돌기만 하는 무의미한 토악질뿐인데, 나는 이 길을 계속 가야 하는가?'

소나무는 힘겹게, 그리고 사람의, 아니 그의 무지에 대해 탄식을 숨기지 않고 말을 이었다.

'그대가 쥔 짧은 생만이 하찮은 모순이 아니라면 모든 생이 모순일 터인데, 그렇다면 딱 하나 그렇지 않은 생을 찾으면 될 일이건만. 무지한 자여, 딱 하나만 찾으면 될 일일 것인데.'

그러나 그때 그는 한숨 말고는 생을 채울 그 무엇도 가지지 못했다.

'나는 문득 책을 떨어뜨렸으니, 마침 지나는 바람이 막 읽으려던 쪽을 찢어 가져가 버렸네. 나는 궁금하지만 이제 영원히 알 수 없는 것 중 하나에 내 생이라는 이름을 올렸으니, 나는 이제 끝내기로 함이다. 여기가 싫어서도 아니요, 저기가 궁금해서도 아니요, 여기에서 저기로 건너가는 일이 좋아서도 아니니, 그저 그만두기로 함이다.'

그의 뒷모습은 스물두 해 그의 생을 추려서 가장 결연했다. 하지만 그의 어두운 그림자를 보면서 노송이 뱉은 것은 탄식이 아니었다.

'우연이란 정해진 길에서 벗어난 발자국을 슬쩍 밀어 제자리로 돌려놓는 운명의 손길일지니.'

03

　그는 자기 의지로 삶을 끝내는 방법 중 가장 합리적인 원리를 따르는 것을 찾아보았다. 기원전 5세기에 살았던 엠페도클레스가 83가지 자살 방법 중 에트나 화산에 몸을 던지는 길을 선택한 이유는 자신이 화산활동에 관해 설명할 수 없다는 사실에 절망했기 때문이었다. 바다와 달이 손잡고 행하는 조수간만의 차를 이해하지 못했던 아리스토텔레스는 스스로 한없이 수치스러워 에우로페 해협에서 바닷물에 몸을 던져 자살했다. 이들의 죽음이야말로 철학자다운 논리로 자기 죽음을 합당하게 선택했다고 그는 생각했다.

그는 두 철학자가 기댄 논리와 방법을 따라 죽기로 했다. 우리는 사랑을 설명할 수 없는 데다 결국 모두 죽는다. 따라서 사랑에 빠진 채로 죽을 때까지 기다리는 방법도 상당히 매력적이며 합리적이라 생각했다. 그러나 그에게는 사랑에 빠지기도 어려운 일이거니와 수동적으로 죽음을 기다리는 행동 또한 비겁한 일이라고 자책했다. 그는 머리를 크게 흔들며 다른 방법을 찾았다.

절망을 설명할 수 없는 이가 절망을 위해 삶을 마감하는 방법은 많을 것이다. 주위에서 절망적으로 보이는 것들을 아주 많이 찾을 수 있기 때문이다. 그는 생에서 의미를 찾을 수 없었고 의미를 설명할 수도 없기에 의미에 빠져 죽는 일이 가장 논리적이라 생각했다. 그러나 아무리 주변을 둘러보아도 의미 있는 것이 없었다. 그래서 무의미하게 흐르는 강물에 몸을 던지기로 했다. 역시 무의미하게.

그는 중얼거렸다.

'의미가 죽었으니 죽을 것이고 그렇게 영원히 사느니 죽을 것이다. 판타 레이! 모든 것은 흐르나, 모든 것은 그렇게 흘러, 모두 소멸할지니.'

이렇게 아흐레라는 시간이 바람처럼 지나자 드디어 죽

음을 바라볼 수 있었다. 그는 지체하지 않았다. 가장 가까운 다리로 향했고 다리에 올랐으며 난간을 넘었다. 그리고 하늘을 바라보았다. 그것은 무뚝뚝한 회색이 되어 강변 오 층 건물 옥상까지 내려와 있었다. 다리 아래 물을 내려다보았다. 모든 일이 귀찮다는 듯 무관심하게 몸을 뒤치며 흙탕으로 밀려 내려가는 것이 강이었다. 섭섭한 마음이 강물처럼 일었다. 그는 다시 중얼거렸다.

'판타 레이! 모든 것은 흐르나, 모든 것은 그렇게 흘러, 모두 소멸할지니.'

이제 난간을 붙들고 있는 손만 놓으면 끝내기로 작정한 생 하나가 숟가락을 놓듯 자연스레 끝날 뿐이었다. 그는 생각했다. 어릴 적 잠깐 수영을 배웠지만, 걸을 줄 안다고 모두가 높은 산을 넘을 수는 없는 것처럼 본능으로 허우적거리는 어설픈 수영으로는 저 무관심한 흙탕에서 살아남을 확률은 거의 없다고 결론을 내렸다.

강둑에는 적잖은 사람이 모여들기 시작했다. 다른 사람 앞에 현실로 닥친 죽음은 자신 또한 조만간 죽을 존재들이라는 사실을 잠시 잊게 해 주는 방파제일지도 몰랐다. 얼핏 보아도 삼십 명은 넘어 보였고 동그란 눈을 애써 감추지 않은 사람들이 장마에 불어나는 물처럼 계속 모여들었다.

그는 다시 물을 보았다.

'판타 레이! 모든 것은 흐른다.'

그리 어렵지 않게 물에 뛰어들 수 있을 거란 자신감이 들었지만 이와 함께 대수로울 리 없는 죽음 하나를 구경하기 위해 모여 있는 사람들이 성가시다는 생각도 들었다. 다음 순간 사람들이 외치기 시작했다. 강물이 뒤채는 소리와 허공에 울리는 수많은 잡음 사이에서 골라낸 사람들의 목소리는 대충 이런 것이었다.

'힘내!', '힘내세요!' 뭐 이런 소리와 '용기' 어쩌고저쩌고 하는 말이 섞여 있었다. 이것들이 뒤섞여 아주 오래전 기억을 헤집었다. 벌들이 지나는 소리가 들렸고 하늘에 걸린 보름달이 떠오르기도 했다. 침 냄새가 코에 아른거렸으며 북극성을 은유했던 아랫배가 따끔거리기도 했다. 그리고 다시 사람들의 소리를 들었다.

'진정 그대들이 원하는 건 무엇인가? 힘을 내 던져 버리기로 한 내 나머지 인생을 다시 돌려놓으라는 말인가, 더 용기를 내 더 빨리 더 멀리 뛰어내리라는 말인가?'

그는 알 수 없었지만, 그는 궁금하지 않았지만, 다리 난간 위까지 올라온 이상 그들의 의견에 따라 행동할 생각도 없었지만, 동시에 뒤섞인 말들 하나하나가 무엇을 뜻하는지 또 어느 쪽이 얼마나 많은지 갑자기 궁금해졌다. 정확하게 알아보고 싶어졌다. 그러지 않으면 죽으러 올라와서야 짧은 일생에서 처음으로 사람들의 응원을 받는, 그리 유쾌하지 않은 생이 될 것 같았다.

그는 호흡을 가다듬어 마음을 다잡고는 사람들이 외치는 소리에 더 집중했다. 이 모습을 본 사람들은 다이빙 선수가 물로 뛰어들기 전 마지막으로 가다듬는 심호흡일 것으로 생각한 부류와, 삶과 극적으로 타협한 결과라며 안도하는 부류로 나뉘었다. 지켜보던 이들 중 몇은 비명을 지르며 발작할 준비를 은밀하게 마치고 있었다.

그때 그는 소리와 모습만으로는 사람들이 가진 진의를 절대 알 수 없다는 사실을 깨달았고 다음 순간 더 큰 진실에 한 걸음 다가갔다. 그것은 힘내어 뛰어내리거나 돌아설 용기를 내는 일이 스스로 선택하는 것이 아니라는 사실이었다. 그는 그저 두 사건이 일어날 가능성의 구름으로 존재할 뿐이었다. 그가 어떤 행동을 실행하는 것은 그저 각자의 확률로 존재하는 것이고 그를 바라보는 시선이야말로 가능성을 현실에 존재하는 하나의 딱딱한 사건으로 만든다는 사실이었다. 그를 바라보는 사람들의 시선이 없다면 사건은 존재하지 않는 것이었다.

'나는 그저 가능성의 구름이었으니, 그렇게 나는 여러 세계로 갈라지는 하나 분기점일 뿐이러니.'

이것은 양자역학적 현상을 설명하는 코펜하겐 해석과 다중 우주 해석을 닮아 있는 것이었지만 이런 이론이 있었다는 사실을 그가 알 리 없었기에, 혼자 이룬 깨달음이라고 생각했다.

그때 그는 똥이 마려웠다. 수많은 가능성에서 딱딱하게 현실로 굳어진 사건 하나는 난간을 넘어온 그가 급하게 화장실을 찾아 뛰어가는 것으로 완성되었다.

04

 그는 다시 걸었다. 집으로 돌아가는 길이었을 것이다. 사회적으로 그의 나이는 딱히 해야 할 일을 누군가 정해 주지도 않고 누군가 정해 주었더라도 분명 누군가에게 대들었을 시절이었다. 겉으로는 딱히 할 일이 없었던 날들을 보내는 딱히 할 일 없는 젊은이로 보였다.

 오후였고 마을 바깥을 감싸고 도는 길이었다. 야트막한 야산을 끼고 돌며 내려와 논 가운데를 가로지르는 개울 옆 좁은 길 위였다. 저만치 열 살 무렵의 사내아이 셋이 작은 다리 난간에 매달려 개울 쪽을 향해 손가락질하며 재잘거렸다. 그는 저 또래 아이들이 가지고 있는 들끓는 호기심과 앞뒤 재지 않는 행동력이 무서웠다. 두려움이란 원래 자신에게 끼칠 수 있는 해악의 가능성 때문에 만들어지는 것이다. 아무 거리낌 없이 막무가내로 자신을 던지는 또래의 아이들을 볼 때면 아이들이 그에게 달려들어 온몸을 물어뜯고 갈가리 찢어 살점 하나 남아나지 않을지도 모른다는 생각을 지우지 못했다. 아이들을 비켜 지나가면서 애써 눈도 맞추지 않으려 노력했지만 어느새 그는 아이들과 같은 방향을 바라보고 서 있었다.

좁은 개울 틈틈이 낀 풀 사이에 오리 한 마리가 앉아 있었다. 칠흑 같은 어둠 한 덩어리를 떼다 놓은 것 같은 오리가 한 마리 있었고 아이들은 현실에는 없을 것 같은 그 순수한 검은색 한 덩어리를 노려보고 있었다. 오리 또한 한쪽 눈으로 아이들과 그를 감시하고 있었다. 그는 자신도 모르게 아이들에게 말했다.

"너희는 저 오리가 필요한가? 내가 잡아 줄 수 있을지도 모를 일이니."

야생 오리를 잡을 능력도 의지도 그에게 있을 리 없었지만, 아이들이 자신에게 뭔가 나쁜 짓을 하기 전에 먼저 뭔가

해야 한다는 강박 때문인지 훌쩍 말을 뱉고 만 것이다. 검은 오리는 바라보는 사람들에게 묵직한 두려움을 나눠 주었다.

"예!", "아니요!"

아이들은 두 가지의 답을 동시에 질렀다. '예'가 하나고 '아니요'가 둘이었다. 얼마 전 다리 위에서 들었던 사람들의 뒤섞인 외침과 같이 둘이 중첩되었다. 그는 잔인한 호기심이 반짝거리는 눈빛 한 쌍을 보았다. 그렇게 아이 셋 중 하나의 대답은 날카로운 명령이 되었다. 그는 반사적으로 손바닥에 딱 들어앉는 돌멩이 하나를 주워 들었다. 얼핏 눈에 스친 돌멩이의 모양은 범상치 않았다. 주먹보다 조금 큰 달걀 모양으로, 손으로 쥐고 던지기에 딱 좋은 크기였지만 매끄러운 표면이 보라색 빛을 뿜고 있었다. 평상시 같으면 집으로 들고 갈 만한 돌이었지만 아쉽게도 지금 당장은 던져야 하는 돌이었다.

손을 떠난 돌은 오리가 있는 곳을 대충 향했다. 돌은 물가에 요란하게 떨어질 것이고 놀란 오리는 날아가야 한다. 그리고 '아, 뭔가를 맞추는 일은 그리 쉬운 일이 아니었으니.' 이런 탄식으로 마무리해야 모두가 다치지 않고 어색한 상황이 종료될 터였다. 그는 그렇게 생각했다.

돌멩이가 그의 손을 떠나는 순간, 검은 오리는 예상보다 일찍 날아올랐고, 날아오른 오리는 본능대로 소란스러운 사람 무리로부터 멀어져야 할 일이었지만 이상하게도 퍼덕 날갯짓하면서 다리를 향해 다가왔다. 그리고 일부러 작정한 듯 돌에 맞았다. 맞았다기보다는 주인이 던진 작대기를 향해 뛰어오르는 개처럼 공중에서 돌과 부딪쳤다. 요란하게 '퍽' 소리가 난 곳은 다리에서 5미터쯤 떨어진 허공이었다. 남자와 아이 셋 모두는 그 자리에 얼어붙었다. 그리고 일이 일어났다.

검은 덩어리로 날아오른 오리는 몇 번 더 날갯짓하고는 날개를 좍 편 상태로 허공에 못 박힌 듯 떠 있었다. 오리계의 검은 구세주가 인간계의 빌라도 수하들 손에 들려 허공에 있는 투명 십자가에 못 박힌 듯했다. 그 범상치 않은 돌은 오리와 부딪치면서 풍선 터지듯 바람이 빠졌고 동시에 보라색 연기 같은 것이 허공에 뿌려졌으며, 거죽만 남은 돌은 맥없이 어디론가 떨어졌다.

그는 정신을 차리지 못하고 현실 같지 않은 정지된 화면을 바라보다가 혹시 시간이 멈춘 것 아닌가 생각했다. 그러나 바로 옆에 있던 세 아이는 이미 도망가고 없었다. 범인은 시간이 아니었다.

범인은 중요하지 않았다. 허공에 뜬 검은 오리와 그가 영원처럼 마주 보고 있었다. 그리고 목소리가 들렸다. 누구의 목소리도 아닌 누군가의 목소리라고 그는 생각했지만 누가 봐도 오리의 소리였다.

"꽥, 꽤애액."

그때 돌이 뿜은 보라색 연기 같은 것이 바람을 타고, 아니 바람을 거슬러 다가와 그의 목을 감쌌다. 그리고 그의 깨끗하지 않은 목을 몇 바퀴 돌며 쓰다듬었고 아무도 모르게 사라졌다. 다시,

"꽤애액, 꽥!"

그러나 그는 그 뜻을 알아들었다. 아니 그에게는 이렇게 들렸다.

"너는 죽지만 살 것이다. 그리하여 영원히 살 것이다."

듣기는 했으나 이 말이 진정 무엇을 뜻하는지 알지 못했다. 그의 인생이 어떻게 바뀔지 알 도리가 없었다. 암담함이 그를 덮치자 스스로를 위로하려는 듯 주문처럼 중얼거렸다.

'인생이란 것이 모두 그렇지 않았던가. 살아 있는 자는 짜고 치는 고스톱판 안에 호구로 앉아 있는 것이니. 주인공인 나만 모르고 진행되는 사기판이야말로 진정 사는 일이고 운명일지니.'

잃은 판은 빨리 잊어야 다음 판을 새롭게 시작할 수 있는

것처럼 이해할 수 없는 사건 또한 얼른 떨쳐야 다음 순간을 살아갈 수 있다고, 사실 별로 그럴 생각도 없었던 그가 돌아섰다. 바닥에는 돌이 돌아누워 있었다. 자신이 맞았던 돌을 피해자인 오리가 가해자 발치에 다시 가져다 놓았을 것이라고는 생각할 수 없었지만 다른 상상도 할 수 없었다. 그가 돌을 향해 손을 뻗으려 하자 돌은 껍데기만 남은 홍시처럼 쪼그라들었다. 그는 잠시 멍하게 서 있었다. 그리고 어디선가 들었던 목소리가 다시 들렸다.

'우연이란 정해진 길에서 벗어난 발자국을 슬쩍 밀어 제자리로 돌려놓는 운명의 손길일지니.'

그리고 일은 일어났다.

05

거대한 폭발이 있었다. 138억 년 전 있었던 빅뱅이 여기 이곳에서 다시 일어나고 있었다. 그는 그렇게 느꼈다. 우주 하나가 다시 생기고 있다고 생각할 만큼 어마어마한 폭발이었다. 그의 머릿속 가장 깊은 곳에서 일어난 폭발은 바깥 뇌의 피질로 향했고 결국 뇌 전체가 가늠할 수 없는 진동으로 흔들렸다. 다음 순간 뇌를 이루고 있는 물렁한 회백질 덩어리는 할 수 있는 한 작은 조각으로 찢어져 날아갔다. 모든 조각 하나하나가 날아갈 수 있는 한 가장 먼 곳을 향해 흩어졌고 그렇게 터져 나간 조각들은 다시 더 작은 조각으로 나뉘었다. 그의 몸은 쾅, 소리와 함께 압축되어 땅 위에 눌렸다가 순식간에 불길에 타 버린 후 다시 가루로 부서져 허공으로 날아가고 있었다. 그는 그렇게 느꼈다. 느낄 새도 없었다.

그때 텃밭에서 열무를 뽑아 다듬던 한 할머니도 쾅, 소리를 듣고는 주위를 두리번거렸다. 일을 마친 뒤 열무를 이고 집이 있는 윗마을 새말터로 올라가던 할머니는 개울가 좁은 길에 맥없이 쓰러져 있는 자그마한 체구의 젊은이를 보았다. 할머니의 전화를 받고 툴툴거리는 오토바이를 타고 심드렁하게 나타난 경찰은 '아직 해도 멀쩡한데 대체 얼마나 퍼마신 거야?'라고 중얼거리며 쓰러져 있는 그를 흔들었지만 그는 의식을 차리지 못했다.

거대한 폭발은 그의 머릿속에서 일어난 것이었다. 그렇더라도 그에게는 세상 모든 것이 폭발하는 충격이었다. 그는 쓰러져 있되 잠을 자는 것도 아니었고 깨어 있는 것도 아니었으며 꿈을 꾸는 것도 아닌 데다 죽어 있는 상태도 아니었다. 그의 옷을 뒤져 신분을 확인한 경찰은 서에 전화해 그의 인생을 대신 복기하고 나서 연고자를 찾을 수 없다는 사실을 할머니에게 알렸다. 그는 거의 혼자 자랐으나 특별히 비극적인 삶을 살지 않았으며 감정적으로 생을 저주하지도 않았고 이성으로 무의미를 찾아내지도 못했다고 경찰은 결론을 내렸다. 병원에서 아흐레 만에 일어나 앉은 그는 계시받은 사람의 눈동자로 중얼거렸다.

'나는 끝의 증언자이자 시작의 목격자이니, 나는 보았음이라. 나는 그리되었음으로 내가 겪은 마지막이 처음이 되고 처음이 내가 되었으니 그렇게 전부가 된 내가 다시 없음이 되는, 이 거대하고 유일한 사건을 나는 말해야 하리라.'

그는 허공에 말했지만 그가 아는 모든 사물을 울리며 퍼져 나갔다. 다만 사람만이 그의 말을 알아들을 수 없었으므로 그는 사람에게 따로 말해야 했다. 그는 고통에 몸을 떨었다. 다가올 고통이 그를 흔들었으며 장차 빠져들 가슴 터짐으로 다시 앓기 시작했다.

'그것은 단순한 폭발로 시작되었으나 시공간의 끝까지 이어져 나가 다시 응축하였고 그리하여 고요의 씨앗이 되었으니, 빛 아닌 빛이 우주의 깊은 어둠 속 밑바닥에서 솟구쳐 올랐으며, 어떤 눈부심도 없었으며, 넘치는 주파수들도, 뜨거움도, 어떤 고통도, 두려움도, 외로움도 없었음이라. 빛 아닌 빛이 퍼져 나왔고 이것은 모든 것이 연결되었고, 진동하였으니, 그리하여 완벽한 고요로 다시 가라앉음이라. 나는 후려 맞은 듯 깨달았으니, 모든 것이 허상이어라. 나를 여기로 이끈 우주의 속삭임까지도 허상일지 모르나 마치 방정식이 숨겨 놓은 미리 결정된 답처럼 누군가 유도한 결론일지니. 그리하여 내가 여기 있을 것이다.'

점점 더 고조되기 시작한 그는 벌떡 일어섰다. 덕분에 환자용 침대가 요동쳤고 맥없이 펄럭이는 환자복 아래로 꼬인 털 몇이 매달린 그의 마른 다리가 휘청거렸다. 그럼에도 그는 일갈했다.

"세상이 숨겨 두었던 가장 큰 비밀이 있었으나, 이제 세상은 나와 우리에게 아무런 비밀도 가지고 있지 않다고 실토할 시간이 왔으니, 나는 기억하는 자이기에 나는 말할 것이라."

그는 침대 아래로 떨어졌고 놀란 경찰이 한마디를 뱉었다.

"그 술 참 길기도 하네."

06

 그는 뵐룽 아흐레이다. 그의 이름이자 스스로를 바라보는 거울이고 세상이 그를 부르는 소리이기도 하다. 아흐레 뵐룽이라 불러도 그는 들은 체를 했으며 부르기만 해도 세상이 함께 울리는 소리이기도 하다. 이름의 어느 부분이 씨족을 지칭하는지 또 어느 부분이 자신을 가리키는지 순서를 가리지 않는 이름 아닌 이름이었다. 자갈이 바닥을 향하는 면을 따로 정해 두지 않고 물 바닥에 이르듯 이름의 어디를 웅얼거려도 그는 선뜻 응대했다. 그의 이름을 부르는 사람이 있다면 그 순간, 뵐룽을 느낄 수 있다. 자기 냄새를 자신만 모르는 일과 같이 그에 대해 아무것도 모를 때가 바로 그를 느끼는 시간이며, 밤이면 해가 졌다는 사실을 보지 않고도 짐작하듯 그에 대해 알고 있다고 생각할 때 진정한 그는 땅속의 해처럼 사라졌다.

누군가 근원을 짐작하기 어려운 그의 이름에 관해 묻자 이렇게 말했다. 처음 만나는 낮은 목소리였다.

"나는 새로운 사람이니, 나는 두 번째 사람이며, 사람이기도 하고 사람이 아니기도 하니. 그리하여 나는 세상이고 내가 걷는 길이 세계가 갈 방향일지니 나를 어루만지는 자 바닥부터 새롭게 깨달을지라."

그의 얘기를 들으면 누구라고 할 것 없이 한동안 깊이 생각해야 한다. 자신을 돌아보아야 한다. 그리고 무엇을 물었는지 다시 깨우쳐야 한다. 그를 만나면 자신과 마주해야 한다.

"당신의 이름은 무슨 뜻을 품었기에 그리 무겁습니까?"

이렇게 묻는 용감한 이는 백에 하나로, 새로운 깨우침을 받아들일 수 있는 기품을 가진 사람이며 새로운 사람이 될 수 있는 씨앗을 품은 이이다. 나머지 아흔아홉은 이렇게 말한다.

"뭐야, 재수 없게. 미친 거야?"

사람들은 이렇게 한쪽으로 편중된 두 종류의 반응을 보이지만 그의 대답은 상황을 가리지 않고 같았다.

"나는 우주의 가장 먼 별, 가장 깊은 심연을 겪고 왔으니, 그렇게 아흐레 동안 우주가 전하는 울림에 몸을 맡겨 온몸으로 공명하였으며 우주의 구석구석을 찾아가 암흑물질과 그 잔털들이 추는 춤을 하나하나 헤아렸나니."

이 얘기를 듣고 '아하, 그래서 아흐레군!'이라고 쉽게 단정하는 순간 코앞에 들이닥친 후회를 마주하게 된다. 그가 올라탄 시간은 진정 누구도 짐작할 수 없는 것이기 때문이다.

"나의 시간은 무릇 이 세상의 시간이 아니므로……."

그는 의무감으로 남은 밥을 먹듯 낮게 구름 낀 하늘에 힘겹게 시선을 둔 채 다시 말을 이었다.

"사람이여, 나는 2만 번의 생을 건너왔으니, 그렇기에 나는 사람들에게 말할 것이요, 그렇기에 이 생이 내 마지막 생이 될 것이니."

뵐룽 아흐레는 넓고 깊은 시간의 영역을 이용해 우주를 떠돌았다. 그리고 돌아왔다. 여행이라고 부른다면 길고 아름다운 여행이라 할 수 있겠으나 수행이라고 말한다면 궁극을 찾는 고난의 길 위에서 극한의 외로움을 마주하는 여정이었을 것이다. 그러나 어떻게 부르건 우주의 근원을 구하고 인간이라는 생명의 존재 이유를 찾는 침잠의 시공간을 만드는 과정이었을 것이라는 사실은 누구도 의심할 수 없었다.

물론 무시하는 사람도 없지 않다. 나머지 아흔아홉.

누군가 아흐레는 도대체 어떤 시간이냐고 묻자, 그는 우주에서 아흐레는 아홉 개의 주기라고 넌지시 말했다. 뵐룽의 아홉 주기를 설명하는 일은 무겁지만 아주 중요한 일이기에 반드시 말해야 하나 잠시 미루기로 한다.

그가 뵐룽으로 다시 태어난 이후 꽤 긴 시간 동안 사라졌던 기간이 있다. 그 시간이 9개월인지 9년인지 99년인지 확실치 않으나 20대 초반의 나이에 내적 폭발을 겪어 다시 태어났다고 주장하는 뵐룽이 다시 세상에 나타났을 때는 40이 넘어 50대 언저리에 이른 중년 남자의 모습이었다. 뵐룽의 모습은 몰골로 변해 있었다. 묻는 이에게 뵐룽은 이렇게 말했다.

"모름지기 흙은 씨앗을 품을 가슴이 있어야 하고, 뜨거움 없는 것은 불이 아니며, 살아 있는 것은 들고나는 숨을 가지고 있으니, 세상을 이끌 수행자에게 고행은 바다를 채운 물과 같은 것이니."

돌아온 뵐룽에 관한 관심은 여러 방면으로 다양했지만

그의 이름과 외모에 관해 정리하고 넘어가야 한다. 그의 말에 따르면 '뵐룽'은 기억하는 자를 뜻한다. 물론 이 단어의 뿌리가 어느 땅이 품었던 오래된 언어인지는 말하지 않았지만 그대로 따라가면 뵐룽 아흐레라는 이름의 뜻은 이렇게 추정할 수 있다. '아홉 개의 시간을 건너 기억하는 자'라고 보는 것이 일반적인 분석이다. 다른 설로는 벌을 '뵐룽'이라고 부르는 사라진 언어가 있다고 주장하면서 그가 벌과 관련된 아픈 추억이 있을 것이라는 추측도 내놓았지만 확인할 수는 없는 일이다. 사는 일이 그렇듯 많은 것이 알 수 없는 땅 위를 방황할 뿐이다.

그러나 알 수 있는 것 중에는 그의 생김새에 관한 논쟁이 있다.

뵐룽은 스스로 수행자라고 밝혔지만 사실 그의 모습에서 고난 중에 힘겹게 올라온 수행자의 모습을 찾기는 쉬운 일이 아니다. 그를 본 많은 사람이 그를 이렇게 묘사하는 데 동의한다. 한국의 90년대를 관통했던 X세대의 스타일 안에 나이 든 중년의 몸을 고스란히 집어넣은 모습.

일단 동양인 평균보다 약간 작은 키에 감추기 어렵게 튀어나온 아랫배와 힘없이 처진 어깨, 남들보다 큰 머리를 가진 보통의 중년 남자라고 말하면 모두 끄덕일 것이다. 그러나 그를 처음 보는 순간 어떤 신체적 특징보다 가장 먼저 시선을 끄는 것은 그의 연보라색 머리카락이다. 아주 곱고 질서정연하게 사방으로 뻗어 나가는 머리카락은 모든 방향으로 골고루 전자기파를 뿜고 있는 태양을 연상시킨다. 밝은 보라색의 태양.

다음 눈. 그의 눈은 호모사피엔스가 출현하기 이전부터 지금까지를 통틀어 처음 있는 것이었다. 그의 눈을 본 사람이라면 누구나 이 말에 동의할 수밖에 없는 이유는 실제로 뵐룽의 눈이 바닥없이 투명하면서 밝은 빛을 내고 있기 때문이다. 머릿속에 스스로 빛을 내는 작은 생체 수정구를 떠올릴 수 있다면 그것이 바로 그의 눈과 가장 비슷한 형상이다. 그리고 빛 한가운데 약간 어두운 얼룩이 눈동자이다. 누군가의 시선이 그 눈동자와 정확하게 마주친다면 영혼의 깊은 골짜기로 떨어질 수밖에 없는 위기 상황에 빠진다. 그를 따르는 무리의 절반이 그가 설파하는 우주의 존재와 생명의 이유에 동의하기 때문이라면 나머지 절반은 그의 눈빛 때문이라고 해도 아무도 부정하지 못한다.

길 위에 선 아흐레에게 누군가 물었다.

"당신의 모습은 너무도 신비로워 감히 눈을 맞추기 어렵습니다."

이 말이 채 끝나기도 전에 길을 지나던 다른 이가 소리질렀다.

"뭐야, 촌스럽게 저 옛날 염색하고는. 콘택트렌즈는 좀 신기하네. 저런 건 어디서 사나?"

세 개의 바람이 지나기를 기다려 그는 입을 열었다.

"나는 새로운 사람이니, 사람이 아닐 수 있으며, 또 우리는 모두 먼 곳에서 만들어져 길을 떠난 방랑자일 뿐인데, 깨달을지어라. 나는 기억하는 자이며 내 모양은 내가 선택한 것이 아니라, 내 영혼 또한 내가 선택한 것이 아닌 것처럼. 어느 날 나는 이렇게 다시 태어났으니, 그러하니 내게 존재하지 않는 어떤 미용실과 렌즈 제조사를 묻지 말 것이며, 나는 이렇게 다시 태어났을 뿐이니."

그를 따르는 이 중 하나가 말을 이었다.

"뷜룽은 다시 태어난 날 이후 모습이 점점 변하고 있습니다. 그리고 다가올 시간에서는 모든 이 또한 그 형상이 변할 것이라 했습니다."

07

 "그대들의 선조는 2만 년 전 아프리카를 벗어나면서 1년에 오백 보씩 그 터전을 넓혀 갔을지니. 그렇기에 전 세계 구석구석까지 모두 이르기를 2만 년이라. 그럼에도 시간은 그대들이 모든 땅에 이를 때를 기다려 주었으니. 우리도 천천히 움직일 것이나 그보다는 빠를 것이라."

 우연히 옆에서 걷던 이 하나가 뷜룽이 중얼거리는 소리를 들었으나 무슨 뜻인지 묻지 않았다. 당연하게도 정상이 아니라 생각했기 때문이다.

돌아온 뵐룽은 사람들 앞에 섰다. 그가 사람들에게 말씀을 전할 때에는 침방울에 흠뻑 젖는 지척에서부터 멀리 운동장 담벼락에 걸쳐 앉은 사람까지 또박또박 똑같은 음량으로 그의 목소리를 들을 수 있었다. 아흐레는 조용히 그러나 모두가 알게 말했다.

"싸우지 말라! 누구와도 싸우지 말라!"

오랜 세월 동안 묵혀 뱉는 말씀치고는 너무 평범한 것이었기에 사람들은 더 귀를 세웠다.

"지금은 그대가 숲에 들었다고 호랑이가 쫓아오지 않는 시대이며 그대가 들판에 섰다고 더 이상 사자가 달려오지 않을지니, 이윽고 사람이 쉽게 죽지 않는 시절이 온 것이오. 그렇기에 싸우고 빼앗고 이기려는 본능을 버려야 할 시기에 이르렀으니, 돈을 두고도 싸우려 하지 말 것이며 게임 안에서라도 싸우지 말아야 하기에, 그럼에도 싸운다면 냉장고에 넣더라도 썩어 가는 일을 막을 수 없는 영혼일 수밖에 없으리니. 싸우지 않으면 싸울 수 없어지고 싸울 수 없으면 멀리 그리고 오래 갈 수 있을진대."

실망에 눌려 처진 어깨로 흩어지는 무리를 등지고 몇은 뵐룽을 따랐다. 짐짓 같은 방향으로 걸으며 물었다.

"돌아온 아흐레시여, 그러하면 왜 우리는 아직도 싸우나

이까?"

"아, 이 아쉬움을 어찌할까. 내 아직 그대들을 한 방에 깨우치는 특효를 만들지 못했으니."

"이해합니다. 이제 말씀을 주시지요."

"저 짬뽕집에서라면 특효가 나올지 모를 일이니."

깨달음의 대화는 특오징어짬뽕 세 그릇과 세 개의 고량주잔 앞에서 이어졌다. 뵐룽은 입을 열기 위해서는 최소 석 잔의 고량주가 필요하다는 듯 거푸 마셨다.

"당연하고 또 지당한 일일 것이라, 욕망 때문일지니, 모든 싸움은 호모족, 그러니까 사람이라 불릴 만한 종족이 가진 오래된 버릇 때문일 것이요, 우리는 그것을 욕망이라 불러 왔으니."

"그럼 욕망은 무엇입니까?"

한순간에 몸을 비운 고량주 병이 둘이고 아직 절반쯤 차 있는 병이 하나였다.

"오래전 도스(DOS)가 세상을 호령하던 시절 흔히 만나던 배치 파일(Batch file)이라고 아는가?"

"너무 올드하여 알 수 없습니다."

"그럼 오토플레이로 하지, 자동실행 프로그램."

"조금 감이 잡힙니다."

"욕망은 몇 개의 명령어를 묶어 자동으로 실행하는 배치 파일일지니."

"다시 감이 풀립니다."

"기억해 보라, 오래전 사람들은 남보다 빨리 도망가야 먹히지 않았으며, 남이 먹으면 내가 못 먹기도 했으며, 본능이 시키는 대로 자손을 잇기에 주저하지 않으며, 이를 위해 배우자를 놓고 돌도끼로 싸웠을 것이라. 이런 일들을 빨리 하려면 생각하는 시간을 줄여야 했고, 해서 순차적으로 일어나는 모든 반응을 한꺼번에 자동으로 실행하는 프로그램을 몸속에 심었으니, 생존의 효율을 높이기 위한 이것이 욕망일지라. 그 오래된 기억을 지금도 지우지 못하고 있음이 싸우는 원인이 될지니."

"그렇다면 뵐룽에게 이 술잔은 무엇입니까? 이 또한 욕망이지 않습니까? 그래도 욕망을 버려야 합니까?"

"당연히 술잔 또한 버려야 함이나 다만, 우선순위를 따져 지금은 욕망을 먼저 버려야 할 시기임이라."

뵐룽에게 술잔은 입을 푸는 비밀번호 같은 것이었다. 그런데 이 자리에서는 눈도 풀리고 있었다.

"그대들이여, 사람은, 사람들은 무엇을 먹고 살아왔는가? 쌀인가? 밀인가? 고기인가? 그보다 더 큰 에너지원이 있으니, 갈등이라. 암수가 짝짓기하면서도 갈등을 에너지원으로 삼았고, 식구들이라 하여 서로 갈등하여 진을 짜냈으며, 생각으로 나라를 만들어, 땅 위에 선을 그어 놓고 서로 죽이고 죽였으니, 사람이 사람을 죽였으니. 가히 사람이라 함은 갈등으로 먹고 또 소일해 왔으니."

"조금 과하신 것 같습니다."

"술이? 진실이? 그리하여 무엇이 아픈가? 그대들은."

초록 병 둘이 더 자리를 잡자 뵐룽은 거의 드러누웠다.

"욕망이 걸어가려 갈등으로 발바닥을 간지럽혔으니, 이제 이것들은 부작용이니, 욕망에서 전망으로, 우주에 대한 전망으로……."

"쿵!"

08

 뵐룽이 따르는 자들과 함께 히말라야에 이르렀을 때는 막 유월에 접어들어 대지가 봄을 맞는 시기였다. 신이 있다면 그들의 뒷모습으로 산을 만들었을 것 같은 신성한 산들을 마주한 뵐룽은 날아가듯 걸었고 다른 이들은 걷는 듯 날았다. 그래서 그들은 같이 걸어갔다. 제일 먼저 화려하면서 몹시 시끄러운 히말라야 난초들이 그들을 맞았다. 한 순배를 더 오르자 산선인장꽃들이 온밤 동안 그들의 눈길을 붙잡다가 해가 뜨기 전 꽃잎을 접었다. 그리고 계곡을 가득 메운 백합들, 분홍 백합들이 건너지 못할 바다처럼 멀리까지 버티고 있었다. 그 윗길은 흰색과 푸른색으로 핀 철쭉들 순서였다. 이제 천천히 눈 쌓인 땅이 다가오자 꽃의 여왕 힘카말이 눈을 뚫고 올라온 접시만 한 꽃잎으로 향기를 뿜어 떠도는 순례자들을 축복했다.

다시 몇 개의 산을 넘고 나서 이들은 기듯 걸었고 걷듯 기었다. 그럼에도 이들이 걸을 수 있는 이유는 그곳에 아주 근원적인 아름다움이 깃들어 있기 때문이었다. 수백만 년의 숨결을 가진 빙하는 신비한 물을 흘려 그들을 이끌었고 꽃이 이룬 바다 위에서는 별들 모두가 각자의 방식대로 터지고 있었다. 능선에 오르면 장엄한 지평선들이 작은 것들의 영혼을 사정없이 짓눌렀다.

무엇보다도 가장 위대한 것은 침묵이었다. 온 우주를 끌어안은 깊은 침묵, 헤아릴 수 없는 침묵은 숨 쉬고 걷는 모든 순간을 명상으로 이끌었다. 일행은 마나사로와르 호수를 지나고 카일라스산에 이르렀다. 걸음을 멈춘 뷜룽은 도통 알 수 없는 말을 중얼거리기 시작했다. 사람들이 물었다.

"그것은 어떤 말입니까?"

"산디야 바샤이니, 영혼의 세계에서만 사용하는 황혼의 언어이라."

"그러하면 아주 오래된 이 말을 미리 알았습니까?"

"이 길이 모음이고 저 산을 자음으로 바라보면 읽을 수 있음이요, 저 흐르는 물소리의 갈래를 더듬으면 알아들을 수 있으리니."

"그러면 그냥 알았다는 말입니까?"

"그대여, 무엇이 중요한가. 진실로 중요한 일은 저기 그저 서 있는 산일지니. 저 산은 세 개의 산이 하나 되어 서 있는 것이라. 하나는 아침에는 반짝이는 은빛으로 만든 산이요, 둘은 낮에 보이는 깊은 황금색 산이며, 셋으로 저녁이면 불꽃으로 타올라 재가 되는 산이 모여 하나일지니."

"제 눈에는 그저 하나의 산으로 보입니다."

"내 눈에도 그러하나, 산이 그리 들려주고 물이 그렇다 우겼음에 나는 순응할지니."

카일라스산을 오르다가 너른 땅을 만나자 일행은 둘러앉았다. 둘러앉지 않았으면 둘러 쓰러질 지경이기도 했다. 그럼에도 앉아 숨을 끌어내리며 눈을 감아 생각의 깊은 바닥으로 내려갔다. 그리고 정신이 없는 상태를 찾기 위해 정신을 집중했다. 눈이 내리기 시작했다. 히말라야 뜻이 '눈의 고향'이라는 사실을 모를지라도 쌓이기 시작한 것이 고향으로 돌아온 눈들이라는 사실은 알 수 있었다.

앉아 있는 사람의 무릎만큼 눈이 쌓이자 잠시 눈을 뜬 한 사람이 불안해했다. 그러나 누구도 꼼짝하지 않았기에 다시 눈을 감았다. 눈이 허리까지 쌓이자 또 다른 사람이 눈을 뜨고 입을 열어 위험을 알리려 했다. 그러나 다시 보니 뵐룽을 한 꼭지 삼아 둥글게 둘러앉은 사람들 안에는 눈이 쌓이지 않았다. 눈을 뜬 사람들은 다시 눈을 감았고 뜨지 않은 사람들은 마음으로 눈을 떴다. 쌓인 눈이 키를 넘어가자 모두 더 뜨겁게 가라앉았다.

뵐룽이 입을 열자 사라졌던 시간이 다시 돌아왔다.

"나는 기억하는 자이나, 하나 기억나지 않는 게 있으니 그 누구일진대."

"누가 누구입니까?"

"그 누구를 기억 못 할지니."

"그러면 그 누가 무엇을 했습니까?"

"내게 말하였느니, 지금이 새로운 진화의 시작이라. 내가 그 진화의 첫 번째 사람이라."

"그리하여 어찌 된다는 말입니까? 우리는 무엇이 됩니까?"

뵐룽이 입을 열자 그들 자리만 피해 내려앉았던 눈이 다시 쌓이기 시작했다. 뵐룽의 보라색 머리카락에도 눈발이 내려앉았다. 놀라 주위를 둘러보니 천지에 내리던 눈은 그쳤지만, 그들이 앉은 자리에만 눈이 내리고 있었다.

"때가 왔으니. 검은 물이 배를 뒤집어 바닥을 흐르던 맑은 물이 위로 흐를 것이고, 위에서 흐르던 물이 흩어져 허공을 이루며 허공이 흩어져 물의 바닥을 채울지니. 큰 것이 자신 안에 있는 작은 것들을 알고 작은 것들이 스스로 큰 것임을 알아채니, 새로운 세상이 열릴 것이라."

"그러면 우리는 새로운 세상을 어찌 맞습니까?"

"시간을 헤아리며 흐름에 몸을 맡기되 부릅뜨고 깨어 있어 스스로 변해야 할 것이라, 진화는 변화이기에."

"그리하면 우리도 보라색 머리카락이 새로 자라나요?"

"물론 그리될 것이니. 아니, 비슷하나 이와는 다를지니."

"그러면 다가오는 새로운 세상은 어떻게 생겼습니까?"

"모두 싸우지 않을 것이라."

뷜룽은 단호했다. 새로운 세상의 모양은 진정 간단했다. 그러나 이상하게도 묻는 자가 흥분하기 시작했다.

"그렇다면 새로운 세상에서 삶은 정말 재미없을지 모르겠네요. 모두가 깨우치고 현명하여 평화롭다면 생은 생이 아닐지도 모릅니다. 싸우지 않고 갈등도 없으며 뜨거운 거짓말도 없고 모두 질투 없이 사랑한다면, 그냥 어른들이 하는 재미없는 소꿉놀이 같지 않을까요?"

"그대는 현명하다. 아직 지혜에 이르지 못했을지언정."

"뵐룽이여, 감사하지만 아직 고마움에 이르지 못했습니다."

"자유는 그대의 것이어라. 그 자유를 진실에 눈감고 생을 뜨겁고 아프게 만드는 데 사용할 수도 있음이라. 아니면 조금 심드렁할지언정 진실을 향해 걸어가는 신발로 쓸 수 있음이고, 그리하여 다시 자유이니, 이 생이 물 빠지는 썰물의 시간을 맞아 어떤 회한을 사탕처럼 빨고 있을지라도 또한 너의 것이라, 자유이라."

"제 귀에는 자유라는 말만이 담겨 남습니다."

"베개로 틀어막아 네 얼굴을 파묻어도 아침햇살에 눌려 창이 깨지는 날이 올 것이라. 그날을 기다릴 그대는 진정 나의 제자임을 부정할 수 없음에, 이제 그대의 이름은 '다와삼 둛 카지'이라."

묻는 자는 무겁게 고개를 숙이며 물었다.

"고마움에 이르렀습니다. 이름은 무슨 뜻입니까?"

"세 번 개긴 자이라."

뵐룽이 개기는 자의 엄지발가락을 잡고는 미간에 힘을 집중하자 그의 발은 불에 닿은 듯 뜨거워지기 시작했다. 그리고 다음 순간 카지는 벌떡 일어나며 크게 소리를 질렀다. 카지의 머릿속에서 큰 폭발이 일어났다. 그때 주변 사람 모두 쿵, 소리를 듣고는 뒤로 넘어졌다. 오래전 열무를 다듬던 할머니가 들었던 바로 그 소리였다.

훗날 카지는 그날부터 발의 피부 또한 투명해지기 시작했다고 말했다.

"다와삼둡 카지여, 이제 그대는 그것이 설탕물일지라도 설탕만 골라 담을 수 있는 존재이라."

09

　이제 미뤄 두었던 뵐룽의 아홉 주기를 얘기해야 한다. 뵐룽은 아홉 주기 동안 떠돌았고 터득했으며 깨달았고 돌아왔다. 아니 깨달음이 먼저이고 방랑이 나중일 수도 있다. 하여간 이 주기를 해석하는 데 있어 누군가가 말 그대로 인간의 시간 9일일 뿐이라고 못을 박자, 다른 이는 마스터 뵐룽을 알지 못하는 무식한 자의 무례함이라고 침을 튀기면서, 그의 아흐레는 인간의 시간으로 9억 년이라고 주장하기도 했다. 물론 이 주장을 뒷받침하는 몇 가지 알아들을 수 없는 근거를 들이댔지만 정작 뷔룽 스스로는 무엇도 확인해 주지 않았기 때문에 그 또한 하나의 의견으로 치부되었다.

다른 학자는 지구 자전축이 회전하는 팽이의 축처럼 원을 그리며 이동하는 세차 운동의 아홉 주기로 해석했다. 지구는 2만6천 년에 한 바퀴 세차 운동을 하기에 그 아홉 배의 시간이면 몹시 긴 시간이기도 하거니와 우주를 돌아보는 일에 지구가 가지는 주기를 적용하는 일은 과하게 지구 중심적이라는 비판 또한 적지 않았다.

다른 학자의 의견은 한층 더 확장된 것이었다. 우리 태양계가 속해 있는 은하가 아홉 번 공전하는 시간이 아홉 주기라는 해석을 내놓았던 것이다. 누군가 우리은하 곳곳을 둘러본다고 가정했을 때 1초에 220km라는 빠른 속도로 공전하는 은하의 회전 방향과 반대로 이동한다면 훨씬 편하고 적은 에너지를 소비하며 여행할 수 있기 때문이다. 그러나 은하의 공전 주기는 2억 5천만 년으로 이것의 아홉 주기이면 22억 년이 훨씬 넘는 아주, 몹시도, 긴 시간이다.

우리 우주의 나이가 138억 년이고 지구의 나이가 46억 년임을 감안할 때 지구에서 태어난 한 사람이 감당하기에는 너무 큰 시공간이며 너무 긴 시간이라는 사실은 부정할 수 없다. 그렇기에 범위를 좁혀 뷔룽의 아홉 주기를 인류의 조상이 유인원과 갈라진 시점인 200만 년 안쪽으로 잡아 보자는 의견이 나왔을 때도 뵐룽은 반응을 보이지 않았다. 그러자 뵐룽 자신은 어느 순간부터 사람이 아니라고 스스로 말했던 기록을 근거 삼아 다시 시간을 확장하려는 학자도 있었으니, 그럼에도 인간의 역사 안쪽으로 제한하자는 의견이 지금은 주류를 이루고 있다.

하여간 그의 시간은 그만의 가치와 탄력을 가진 것이기에 우리의 시간으로 정확하게 환산할 도리는 없다. 상대성이론에 따르면 그가 빛에 가까운 속도로 9년 동안 우주를 떠돌았다면 지구에 있는 우리에게는 50년이 될 수 있다는 사실도 생각해 봐야 한다. 시간과 공간의 벽을 넘어서는 방법도 찾을 수는 있다.

요즘 회자되는 이론 중 주름이론이다. 천에 주름을 잡아 바늘을 꿰면 아주 짧은 두께를 통과해 천의 먼 곳에 다다를 수 있듯이 우주에서 가고자 하는 방향의 시공간에 주름을 만들어 관통함으로 어마어마한 공간을 뛰어넘을 수 있다는 이론이다. 이는 빛의 속도라는 시공간의 벽을 우회하는 방법으로 주름을 잡고 이를 관통해 건너뛰어 시공간의 한계를 넘나드는 여행 방법이다. 그러니까 우리가 광년이라고 부르는 거리의 단위는 빛의 속도로 1년을 달려야 하는 거리이다.

현재 우주에서는 이 거리를 누구도, 어떤 방법을 써도 1년 안에 갈 수 없다. 누구도 어길 수 없기에 법칙이라고 한다. 그러나 주름이론은 이런 법칙을 어기지 않고 빛보다 빨리 이동할 수 있는 이론적 배경을 제공하는 단계이다. 그러니까 그는 아직 이론 단계의 과학을 오래전부터 불 켜진 현관에서 슬리퍼를 신듯 자유자재로 활용했다는 주장이다.

다른 방향의 추측도 있다. 이것은 꽉 막힌 우리 상식의 빈 곳을 찌르는 것이다. 여러모로 제약이 많은 유기물 덩어리 육신을 직접 끌고 다니는 대신 그의 날카로운 정신만이 떠돌다 왔다는 가설이다. 그 스스로가 이런 주장을 한다면 무엇보다 먼저 자신과 과대망상 치료제를 복용하는 사람들 사이에 분명한 차이가 있다는 사실을 현실에서 증명해야 한다. 물론 이 정도 증거는 그에게 차고 넘칠 것이지만.

상상할 수 없이 멀고 험한 수행의 과정을 온전히 치러 낸 주체가 그의 육신을 제외한 정신 그 자체라고 한다면, 누군가는 또 이렇게 따지고 들 일이 자명하다. '그것이 직접 경험인지 간접 경험인지 마스터 뵐룽 스스로 밝혀야 한다'는 것이다. 만약 간접 경험이라고 판명(누가 판단을 내릴 수 있는지 알 수는 없으나) 난다면 그가 인류에게 선물한 수많은 가르침이 책을 읽거나 유튜브에서 얻은 정보와 어떤 차이가 있는지 또한 증명해야 하는 또 다른 숙제가 남는다.

세간에 떠도는 '뷜룽의 시간'에 대해 그가 직접 입을 연 적이 있는데, 실개천이 시간을 관통해 강으로 몸을 불리듯 시간이 흐르면서 추종자들이 점점 불어나 강물처럼 흐르던 어느 날 뷜룽은 그들을 물리고 두엇 제자와 함께 어느 뼈해 장국집에 앉았다. 그리고 소주잔이 두어 순배 돈 후였다.

"사람의 선조가 동굴 벽에 그림을 그리기 시작한 지 이제 4만 년이 조금 넘었음이고 문자를 만들어 서로 기억을 주고받은 지 5천 년이 되었으니. 사람의 선조가 우주의 근원이 무엇이며 우리 우주에 생명이 과연 있음으로, 왜 있어야 하는지 고민하지 아니하였는가? 그럼에도 알지 못한 것은 온몸과 온정신으로 배우는 깨달음이기 때문이라. 궁극의 고독만이 남은 깊은 우주에서 온몸으로 느껴 보지 않았던들 누구의 입도 진실을 말하지 못할지니. 하찮은 입으로 광대하고 변화가 무쌍한 진실의 주변에도 이를 수 없을지니. 종이 위 문자로도 가리킬 수 없을 것이며 어찌 얇은 유튜브 어딘가에 얹을 수 있는 내용인가? 그건 그렇고 이 새로 나온 소주는 너무 싱거우니. 이 또한 모두가 고민할 문제가 아닌가?"

그리하여 마스터 뷜룽은 자기 경험이 간접적인 것이 아닌 직접 경험임을 강조하는 쪽에 무게를 실은 언사라 해석할 수 있는 상황을 맞았으나, 그가 몸은 두고 날 선 정신만 다녀왔는지의 문제를 직접적으로 결정하는 일은, 국회가 합의하기 어려운 안건은 뭉개고 앉아 삭힘으로 자연스레 다음 회기로 넘기듯 어디론가 사라졌다.

"세상의 진리가 아닌 세속의 일이란 대략 그런 것이기에 욕하지 말지니. 우리, 아니 그대들도 세속을 덮는 뚜껑 중 하나이니."

이 또한 그의 말이다. 알 수 없는 것은 알 수 없는 것. 그래서 알 수 있는 문제를 찾아내고 그에 대해 명명백백하게 따지는 일이야말로 알 수 없는 것으로 나아가는 유일한 길이라고 누군가 말했다.

10

 파리의 마르스 광장에서 맞은 초여름 날은 상쾌했다. 상쾌한 날 중 하나였다. 뵐룽은 그를 보고 그의 말을 듣기 위해 모인 수천에 이르는 사람들 앞에 섰다. 뵐룽의 목소리는 무리의 제일 앞, 침방울에 세례를 받는 사람들에서부터 수천의 사람 마지막에 꽃발로 서서 멀리 밝은 보라색 점으로 뵐룽을 바라보는 사람에게까지 똑같은 소리로 울렸다. 어디에 서건 또박또박 명백하게 알아들을 수 있는 목소리였다. 물론 이 작은 기적은 인류 역사상 처음 있는 것은 아니다. 몇몇

선인이 행한 바 있고 디지털 음성시스템이 발달한 현재에는 기적도 이적도 아니라고 말할 수 있다. 기술이 숨어 만드는 작은 기적이라 할지라도 조금은 놀랄 일에 들었다.

"싸우지 말라. 누구와도 싸우지 말 것이요, 무엇과도 싸우지 말라."

사람들이 명백하게 알아들었다는 말에는 또 다른 신비가 숨어 있다. 파리라는 도시는 세계 각지에서 수많은 인종이 찾는 관광지이고 당연하게도 수많은 언어가 공존하는 곳이다. 그곳에서 모두가 알아들었다는 말은 단순히 신비한 음량의 문제가 아니라 언어의 문제가 더 큰 기적에 속한다. 뷜룽의 얘기를 듣는 사람들이 탄복하건, 수긍하건, 욕하건, 누구도 무슨 말이냐고 되묻지 않았기에 모두에게 그 뜻이 잘 전달되었음을 확인할 수 있다.

그러나 누구나 곰곰이 생각해 보면 이상한 점이 있다는 사실을 알아차린다. 그가 어떤 언어를 사용하는지 알고 있는 사람이 없다는 사실이다. 그를 만나는 시간부터 매 순간이 깨닫는 시간이었고 그런 시간이 쌓여 스스로가 변화했다고 느낀다. 이런 변화는 알아듣고 이해하는 과정이 먼저 있어야 가능하다. 뷜룽을 만나면 누구나 알아듣고 누구나 이해했다. 그래서 모두가 뷜룽의 언어가 자신이 사용하는 언어라고 생각했고, 그렇기에 아무도 문제를 제기하지 않았던 것이다. 뵐룽이 행하는 방법을 알 수는 없었지만 그와 얘기한 누구도 소통에 어려움을 느끼지 않았다.

시간이 지난 후 누군가 이 문제를 제기했고, 이를 수긍한 학자들의 연구 결과, 뵐룽은 인간이 만들어 낸 지역적인 언어가 아닌 정신과 마음으로 직접 소통한다는 가설을 내놓았다. 이어 장마철 빗방울만큼 많은 이론이 세상을 덮었다. 그중 가장 인기 있는 하나는 이렇다. 뵐룽은 뇌의 깊숙한 곳에 자리 잡은 남다른 송과선을 안테나 삼아 군중의 영혼에 직접 접속하고 그의 지식이나 느낌을 전달한다는 것이었다.

이야기는 퍼져 급기야 CNN이 취재에 나섰다. 물론 뵐룽은 인터뷰에 응하지 않았다. 자신은 영어를 할 줄 모른다는 이유였다. 결국 CNN은 군중을 앞에 두고 우리 우주는 왜 생명이 필요한지, 그래서 왜 싸우지 말아야 하는지, 설파하는 뵐룽을 멀리서 찍었고 이 영상을 내보냈다. 그 결과 텔레비전으로 영상을 본 사람들 또한 모두가 그의 목소리를 문제없이 잘 들었으며 어느 언어권 사람이건 명백하게 이해했다.

중국 남방의 광저우시를 떠돌던 뵐룽에게 무리 중 하나가 그의 국적을 물었다. 마침 거대한 벌떼 무리가 몰려들어 마치 뵐룽을 보호하려는 듯 감싸고 있었기에 질문자의 얼굴을 찾기는 어려웠지만 그는 예의 시금털털한 미소를 짓고는 벌들이 소리를 죽이기를 기다려 말했다.

"대륙을 가로질러 흐르는 강물은 하나 빗방울이 강물에 이르기 전 어느 나뭇가지에 머무르는지 묻지 않으니. 모든 해안을 품은 바다는 흐르는 강물이 어느 구덩이에서 발을 헛디디는지 알려 하지 않으며, 지구의 반쪽을 낮의 땅으로 만드는 햇빛은 밤이 어디에 머물고 있는지 애써 짐작하지 않음이니, 밤은 그저 빛의 그림자일 뿐이고 밝음은 다시 어둠의 그림자일 뿐이기 때문이니. 그리하여 내 국적은 그저 생명일 뿐이라. 이 거대한 생명의 일부분일 뿐이라."

말인즉 멋졌지만 그저 신기하게 그를 살피는 눈들에게는 알아듣지 못할 이야기였으니 굳이 다시 묻는 이가 있었다.

"이상한 모습을 가진 당신이 태어난 곳은 어느 이상한 땅인가요?"

말을 하는 이 앞으로 바람 세 개가 지났다. 세 개의 한숨이었을지 모른다.

"그대들에 굳이 답할지라, 내 시작은 지구의 시간으로 138억 년 전 빅뱅이라 불리는 태초이고, 시간을 건너 130억 광년 멀리 공간을 떠돌았으니 나뿐 아니라 우리는 모두 방랑의 자식이자 스스로 방랑자이니. 방랑한 입자들이 모인 것이 우리이고 우리는 다시 입자의 방랑으로 흩어질 터, 그러하니 기억하라. 우리는 먼 시간을 돌아 잠시 모였고 또 잠시 동안 흩어져 떠돌 것임으로 나는, 그대들은, 모두의 운명은 떠도는 일일지니. 들끓는 생명으로 영원히 머물 수 있는 장소는 이 우주에 없기에 그리하여 결국 우리는 길을 떠나야 할 운명이니. 나는 기억하는 자이고 그래서 싹을 틔우는 자이며, 나는 고향이 없기에 나는 내가 아니니. 그렇게 나일 수밖에 없는 연결로 나는 모두와 연결이고 연결이야말로 우리일지니."

뵐룽은 잠시 말을 쉬었다. 힘겨운 곳을 피해 도망가듯 번지고 있는 석양에 잠시 시선을 두었던 그는 어둠에 묻히고 있는 군중을 향해 다시 입을 열었지만, 이상하게도 정지된 화면처럼 아무 소리도 들리지 않았다. 그의 바로 옆에 있던 사람 또한 아무 소리를 느낄 수 없음은 마찬가지였다. 뵐룽은 들리지 않는 말을 다시 중얼거렸다. 그러자 군중 가운데 여덟 사람만이 알아들었다.

"연결이 나를 정의할 터. 하지만 그보다 먼저 혼자라는 뼈아픈 각성이 있어야 할지니. 연결이라는 꽃은 혼자 우뚝 선 자가 있는 땅에서만 피어나고, 꽃이 피어나는 순간 온몸에 신열이 오르는데 그것은 우울일지니. 그리 우주가 품은 무의미와 맞닥뜨렸을 때, 그리하여 내가 기억하는 자로 다시 눈을 뜨고 처음 뱉은 말은 우울이다. 나는 우울하다."

그의 말에 귀 기울이던 거의 모든 사람이 휴대 전화를 높이 들었다. 현대에 등장한 새로운 경배의 자세인 듯했다. 거기 그가 서 있었고 그가 말하고 있었지만 모든 전자기기가 군중의 웅성거림과 구름이 석양을 긁으며 내는 낮은 비명 말고는 어떤 소리도 찾지 못했다.

"마스터 뵐룽이여! 그게 무슨 말입니까?"

한 사람이 무리 한가운데서 소리쳤다. 사람들은 돌아보았지만 그 외침이 무엇에 대한 물음인지 알지 못하였다. 뵐룽은 다시 입을 열었다. 그러나 이번에도 차례로 일어선 여덟 사람을 제외한 다른 군중은 소리를 듣지 못하였다.

"그대들 또한 기억하는 자들이니."

여덟 명의 새로운 기억하는 자들과 한 사람 다와삼둡 카지까지 아홉은 그날부터 아흐레의 아흐레, 여든 날 하고 하루 동안 뵐룽과 가장 가까운 자리에서 함께 걷고 이야기를 나누는 여행을 시작했다. 황혼의 언어는 이 여행을 고난의 길이라고 말했다.

11

그 여정의 첫 번째 경유지는 은행이었다. 대도시 외곽에 위치한 크지 않은 은행에 이들도 남들처럼 돈을 찾으러 들었다. 이곳은 지나는 수행자들에게 누구나 머물 곳과 먹을 것을 제공하는 히말라야가 아니었다. 장소가 장소이고 시절이 시절이니만큼 교통비든 숙박비든 에누리 없이 사용하며 길을 떠나야 했다.

이름이 가진 '세 번 개기다'는 뜻과는 달리 다와삼둡 카지는 아주 상냥한 웃음을 띠고 직원과 얘기를 나누었다. 얼마간의 돈이 남아 있던 오래된 계좌를 다시 살리는 일이었다. 푹신한 소파에 곧게 허리를 펴고 앉아 있는 뵐룽의 모습은 보라색 조랑말이 양변기에 앉아서 일을 보는 모습처럼 부자연스러웠지만 곧 끝날 일이었다.

밖은 안개 자욱한 금요일 오후 3시 55분이었다. 은행 안쪽 현관문이 열리더니 검은 복면을 한 세 명의 사내가 그림자 스치듯 들어섰다. 그리고 아이의 잠을 지키는 아비처럼 사뿐 현관문을 잠갔으며 고양이보다 가볍게 각자의 목적지로 흩어졌다. 하나는 멍하니 여자의 뒷모습만 바라보고 있는 경비에게, 또 하나는 손님을 맞는 선반 위로, 마지막 하나는 선반을 넘어 데스크 뒷자리 책상에 앉아 있는 나이 든 지점장을 향해. 이들은 진짜일지도 모를 소총을 들고 있었지만 그때를 기억하는 다른 손님은 그들이 빈손이었다고 말했다.

그러나 정작 모두를 제압한 무기는 무게를 알 수 없는 정적이었다. 경비는 공포의 눈빛을 흘리며 불붙은 장작을 던지듯 가스총을 두 손가락으로 잡아 휴지통에 버렸고 지점장은 행여 오해할까 또박또박 금고의 비밀번호를 적은 출납청구서와 열쇠를 두 손 모아 바쳤다. 접객선 안쪽의 행원들은 어떤 경보도 누르지 않았다는 사실을 자랑하려 하얀 손바닥을 사내들을 향해 흔들며 뒤질세라 뒷걸음질 쳤다.

무슨 일이 일어나고 있는지 뵐룽이 알아차리기에는 너무 짧은 시간이었다. 카지는 현실에 어두운 뵐룽을 지키려 조용히 다가와 그를 가리고 섰다. 그때 여남은 손님들이 기꺼이 찬 바닥에 드러눕자, 엎드리지 않고 눕자 뵐룽 또한 순식간에 누워 손과 발을 천정을 향해 들고 있었다. 아마도 사내들에게 반항할 생각이 추호도 없다는 의지를 시각적으로 표현한 것으로 보이지만 보는 이에 따라서는 다가온 자기 죽음을 알리는 망아지의 자세로 보았다.

정적은 이렇게 횡포를 부리기도 했다. 벽 넘어 오가는 수천의 사람 중 누구도 알아채지 못했다. 안개 흥건한 금요일 오후 4시였다.

금요일 오후 4시 5분, 안개가 증발하는 순간 사내들이 증발했다. 흘깃 그들의 마지막 모습을 본 사람들은 그들의 복면이 무지개색으로 변했으며 심지어 후광까지 짙어지고 있었다고 했다. 잠시 후 거친 콧김을 뿜는 들소처럼 들이닥친 경찰들은 그러나 동전 하나 사라진 것을 찾지 못했고 누군가의 몸에 긁힌 상처 한 올도 발견하지 못했다. 무자비하게 정적을 짓밟고 들어선 이들은 그렇게 아무것도 이해할 수 없었다.

그러나 조금 전 공허에 짓눌렸던 사람들 모두는 아무것

도 말할 수 없었다. 아무 기억도 없었기 때문이다. 그렇게 사내들이 무엇을 강탈했는지 아무도 알 수 없었지만 짐작은 할 수 있었다.

바닥에서 일어난 뵐룽은 다시 바닥에 정좌로 앉으며 물었다.

"카지여, 그대는 저들이 무엇을 가져갔는지 보았는가?"

"보았으나 알지 못합니다."

"알 수 없으나 깊이 보아야 하니. 어렵사리 입사한 젊은 행원들은 더 이상 미래를 꿈꾸지 않았고, 은퇴를 앞둔 지점장은 나이 든 손님들을 배려하지 않으니, 홀에서 현관까지 잔잔하게 흐르던 음악은 자신이 소음이라 자책하기 시작했으며, 어린 손자를 바라보던 할머니의 얼굴에서 미소가 물빠졌고, 연인은 서로를 기다리지 않으며, 이리저리 뛰어 경비를 애먹이던 아이들은 눈동자의 초점을 풀고 먼 곳만 바라보고 있나니, 그 순간과 동시에 저기 벽에 걸린 커다란 그림 속에 두근두근 달리던 말들이 근육에 힘을 풀고 주저앉았으니, 그리하여 무엇을 가져갔는가?"

"사랑을 가져갔나요?"

"사랑이 무엇인가?"

"사랑이 무엇입니까?"

"내게 묻는가?"

"저는 묻는 자입니다."

뵐룽은 애써 한숨을 감추지 않았다.

"오래전 도스(DOS)가 세상을 호령하던 시절 흔히 만나던 배치 파일(Batch file)을 아는가?"

"너무 올드하여 알 수 없습니다."

"그럼 오토플레이로 하지, 자동실행 프로그램."

"조금 감이 잡힙니다."

"사랑은 몇 개의 명령어를 묶어 자동으로 실행하는 배치 파일 프로그램일지니."

"다시 감이 풀립니다."

"기억해 보라. 사람이 자신을, 그리고 서로를 아끼고 배려하고 희생하는 행동은 인간이 이성으로 추구할 수 있는 가장 높은 단계의 깨달음이며 이를 몸으로 행하는 실천이니. 그렇기에 모름지기 인간은 여기에 이르기 위해 단계별로 수많은 노력을 해야 함이나, 상황이 닥쳤을 때 이 어려운 과정을 인간 개체들이 매번 하나씩 생각해 이룰 수 없으니, 진화가 인간 본성에 자동으로 작동하는 프로그램을 새겨 두었으니, 가장 높은 정신적 작용이 필요할 때 자동으로 실행되게 만든 프로그램이 사랑이라."

카지는 애써 하품을 감추지 못했다.

"마스터 뵐룽이여, 제가 이를 수 없습니다. 어찌하면 이해할 수 있습니까?"

"기억해 보라. 아기를 낳은 엄마가 왜 아이를 키워야 하는지 이성적으로 이유를 찾아보는가? 아이를 잘 키워야 하는 이유를 회의하는가? 위험이 닥쳤을 때 아이를 위해 희생할 이유를 애써 찾아보는가? 한눈에 쏙 드는 여자를 만난 남자가 상대를 꾀려 할 때 그 이유와 결과를 고민하고 단계별로 하나씩 디테일한 방법을 연구해 결론을 내리고 움직이는가? 상대의 손을 잡아야 하는 이유를 의심하며 토의하고 결정하는가? 잠자리해야 하는 이유를 논리적으로 고찰하는가? 이 모든 과정을 생각할 시간이 필요하지 않게 한순간에 자동으로 실행해 버리는 프로그램이 사랑일지니."

"알겠습니다. 그럼 은행에서 보았던 사내들이 가져간 것이 사랑입니까?"

"아닐지라 그것은."

"그럼 무엇을 가져갔습니까? 그런데 왜 사랑을 설명했습니까?"

"묻는 자 카지가 물었기 때문이니, 그들이 가져간 것은 미래를 보는 눈이었으니."

"그것이 없으면 저리됩니까?"

"싸우지 않아야 우리가 이룬 것이 무너지지 않을 것이요, 우리를 둘러싼 것들이 무너지지 않을 것이요, 그렇게 생명이 무너지지 않을 것이요, 문명이 오래 남을지니. 이것 또한 미래를 느끼는 마음일지라."

은행을 나와 나란히 걷던 뵐룽이 갑자기 돌아서 뒤로 걷기 시작했다. 허우적거리지 않으면 걸을 수 없다는 듯 허우적거리며.

"뵐룽이여, 카지가 부족하다면 부끄러움을 주는 대신 나무라십시오. 사람들 눈에 충분히 부끄럽습니다."

"간혹 뒤로 걸을지라. 미래는 뒤에서 오기에, 이렇게 걸으면 가끔 미래의 앞모습을 볼 수 있을지니."

"그래서 아슬아슬한 우리 문명에 닥칠 미래의 앞모습은 어떻습니까?"

"묻는 일과 개기는 일은 상보적이라 함께할 수 없음이요. 허나 카지는 이에 이르지 못하였나니."

뵐룽은 뒤로 걷는 일 하나만으로 충분히 힘이 드니 그만 물으라는 뜻으로 말하였으나 카지는 알아듣지 못했다.

"그리하여 우리 문명이 오래가려면 무슨 일을 해야 합니까?"

뵐룽은 걸음을 멈추고 한동안 카지의 얼굴을 바라보았다. 그의 안구는 더 밝게 빛나기 시작했다. 뵐룽은 귀찮게 묻는 일을 멈추라는 경고의 메시지로 한 행동이었으나 카지는 좋은 질문에 대한 칭찬으로 받아들였다.

　　"싸우지 말아야 할지니, 어머니 자연과."

　　"아 그러면, 자연은 어머니……?"

　　뵐룽은 산처럼 우뚝 섰다. 그리고 다시 무언가를 묻는 카지를 노려보며 등에 멘 백팩에서 팔을 풀었다. 이내 가방을 열고 뒤적이다 손에 잡히는 것을 꺼내 카지에게 건넸다. 아주 오래된 내비게이션이었다. 차량 앞 유리에 빨판으로 붙이는 오래된 모델로, 여기저기 주인과 같이 고행의 흔적을 지우지 않았으며 지울 수도 없을 것 같았다.

　　"이것은 무엇입니까? 뵐룽이여?"

　　"세간에서 말하는 선물이라는 것으로, 아까 문득 떠올랐으니, 시간이여!"

　　"시간에 무엇을?"

　　"시간에 주름을 확인할 수 있는 눈일지니, 내 공력을 밀어 넣은 눈일지라."

　　"이것으로 무엇을? 어떻게……?"

　　"카지여, 그대가 마음으로 묻는다면 그것으로 무엇이든

볼 수 있을지니. 시간의 주름 건너와 눈 맞출 수 있을 것이며, 뵐룽이 먼 길을 떠나는 날도 함께할 것이라."

"저는 다시 뵐룽께 이를 수 없습니다."

"묻는 자 카지여, 이제 그 입을 대신하여 눈으로 물을 수 있음이라."

카지의 손에 길바닥 어디에서 발견해도 누구도 주워 가지 않을 내비게이션을 쥐여 주고는 이내 휙 돌아선 뵐룽은 허우적 앞을 보고 걸어갔다.

1/2

 아흐레 뵐룽과 제자들은 세계 곳곳을 돌며 가지 말아야 할 이유가 없는 곳은 어디든 갔으며, 섬섬올올 우주에 관해 깊은 이야기를 나누는 일에 있어 올리지 말아야 할 이유가 없는 것은 무엇이든 입에 올렸다. 이유라는 것은 처음부터 존재하지 않았기 때문에 가능했다.

 사람들이 발자국을 찍었던 땅을 지나 발자국마저 지워진 땅은 물론이거니와 인간이 뱉는 이산화탄소 분자가 단 한 번도 머물지 않은 구석구석까지 맛보았다. 빙하 위에 맨

발을 박고는 시리게 시리게 수백만 년의 시간이 쌓인 고독에 한껏 떨었고, 빛 한 점 없는 해저 깊은 곳에 이르러 태초의 압력에 괴로워했으며, 그곳 열수구에서 만난 가장 처음 생겨난 생명들에게 탄생의 이유를 물었다. 푸른 하늘이 끝나는 공간에서 미련 없이 떨어지며 허공을 쓰다듬다가 먼 곳에서 온 오래된 문자를 읽었고 또 이해하려 애썼다.

위험하기 그지없는 땅을, 사람으로 견딜 수 없는 바다를, 날개 없이 다다른 허공을 어떻게 여행했는지에 관해서는 누구도 알지 못했다. 알려 주지도 않았고 기록도 남아 있지 않았지만 이 모든 행적은 의심할 수 없는 사실이라고 뵐룽은 못 박았다.

사람들은 구름처럼 모이고 구름처럼 모양을 바꾸다가 구름처럼 사라진다. 그 사람들이 서울 광화문 광장에 모였다. 뵐룽의 이야기를 듣기 위해서였지만 뜻밖이라고밖에 할 수 없는 뵐룽의 외모를 보러 온 사람도 없지 않았다. 뵐룽 또한 싸우지 말라는 진실을 말하러 왔지만 예의 가까운 곳에 위치한 유명 해장국집 또한 염두에 두고 있었다. 시간이 지나자 당연하게 지루해진 한 사람이 큰 소리로 말했다.

"당신이 진짜 기억하는 자이고 깨달은 자라면 우리에게 기적을 보여 주세요. 그게 어려우면 이적이라도 보여 주어야지요. 안 그렇습니까? 뭔가 보여 주어야지요. 우리는 믿고 싶습니다. 당신의 말이 옳다고 믿어야 한다면 말입니다. 그러면 보여 주어야지요."

물론 난감할 리 없는 뵐룽이었다. 그러나 한동안 말이 없었다.

"그대들이여, 믿지 말아야 할지니. 믿음이란 검은 선글라스를 쓰고 하늘이 검다고 확신하는 일일지니. 믿음으로 진실에 이르는 일은 살아 있는 한우가 경차 뒷자리에 앉아 여행하는 일보다 어려운 일이니."

사람들의 표정은 경차 뒷자리에 앉은 한우보다 뜨악했다. 뵐룽은 낙담한 표정을 애써 지우고 다시 말을 이었다.

"내가 물을지라. 그대들이여, 기적이 무엇인가?"

기적을 요구했던 사람이 다시 일어섰다.

"당신이 물을 것이 아니라 당신이 말하고 보여 줘야 할 것입니다."

"기적은 내가 아니라 그대들이 행하는 것이라, 그대들이 믿음 없이 행하는 일이 바로 기적일지니."

"당신이 가짜가 아니라면 뭔가 보여야 한다."

점점 거세지는 요구에 뵐룽은 잠시 고민했다.

"기적이란 자연이 움직이는 방법과 달라 보이는 행동일

뿐일지라. 당연히 땅으로 떨어져야 하는 돌멩이가 포물선을 그리며 날아가면 기적이라 알 것이나, 우리는 힘써 돌멩이를 던지는 팔뚝을 보지 않음이라. 그러하면 기적이라고 느낄 일이니. 아주 멀리 있는 사람에게 옆에서 하듯 말을 전달하는 일 또한 기적이라. 손안에 든 휴대 전화를 보지 않으면 그것이라. 내 이제 그대들과 함께 기적을 만들 것이니."

뷜룽은 연단에서 내려와 방송 카메라가 올라가 있는 높은 비계를 향해 걸어갔고 사다리를 타고 힘겹게 위로 올랐다. 그리고 사람들을 향해 우뚝 섰다. 일순간 셀 수 없는 시선이 한곳으로 초점을 모았고 태고의 것 같은 정적이 광장을 짓눌렀다. 뷜룽이 입을 열었다.

"이제 그대들이여, 자기 눈에서 비계를 지우라. 나는 공중에 올랐으니."

상황을 이해 못 해 어리둥절한 사람들은 4.5초 동안의 침묵으로 뷜룽을 응시했다. 이 시간 동안 자갈자갈 머리들이 구르는 소리가 허공을 꽉 채웠다. 이후 사람들은 다른 반응을 보이는 두 부류로 나뉘었다. 먼저 한쪽 입꼬리를 살짝 올리며 피식 바람 빠지는 소리를 내는 사람들이었다. 이들은 갑자기 다리에서 힘이 빠졌기에 대부분 주저앉았다. 그리고 대다수는 성난 군중으로 돌변해 소리치며 비계에서 내려오는 뵐룽을 향해 돌진할 기세였다. 뵐룽의 진심을 이해하고 감탄해 마지않는 이들도 아홉은 있었다.

다시 연단에 오르는 뵐룽의 걸음에는 범접 못 할 기품이 배어 있었다. 그는 손에 초록색 병 다섯, 그러니까 소주병 다섯을 들고 와 바닥에 내려놓았다. 사람들이 병의 정체를 확인하기도 전에 그는 힘차게 뚜껑을 돌리고는 벌컥벌컥 하나의 숨에 하나의 병을 비웠다. 바닥에 빈 병을 내려놓은 뵐룽은 지체하지 않고 다음 병을 따 마시기 시작했다.

흩어지려던 사람들은 다시 돌아서 신기한 일이 벌어지는 연단을 바라보았고, 무슨 일인지 웅성거리기 시작했다. 두 번째 병을 비운 뵐룽은 다시 세 번째 병을 들고 마시기 시작했다. 그때 눈치 빠른 누군가 외쳤다.

"말로만 듣던 오병만취의 기적이다!"

"그게 뭐야?"

사람들은 웅성거리며 주변에서 이 외침의 뜻을 알려 줄 누군가를 찾았다. 세 번째 병부터는 눈에 띄게 속도가 느려지기는 했지만 벌컥벌컥 액체를 넘기는 뵐룽의 목젖은 추호의 망설임도 없었다. 낮은 수군거림이 사람들 사이로 번져 나갔다.

"술 다섯 병으로 만 명을 취하게 한다고? 그게 가능해?"

"술 다섯 병으로 세 명이 취한다면 그게 뭔 기적이야, 그냥 술자리지."

"그럼 나는 어떻게 되는 거야? 전혀 술 못 마시는데."

무슨 일이 벌어지는지 목격하기 위해 숨죽인 사람들은 꼼짝 않고 뵐룽에게 초점을 맺고 있었다. 세 병을 마친 뵐룽은 잠시 멈추고 사람들을 바라보았다. 호수의 평온함을 담은 눈빛이었다. 셋 중 하나는 웅성거렸고 다른 셋 중 하나는 기대에 찬 눈으로 뵐룽을 노려보았으며 마지막 셋 중 하나는 자기 몸에 집중하고 있었다. 혹시 오를지도 모를 취기를 관찰하며.

네 번째 병을 마시던 뵐룽은 올라오는 구역질을 참지 못하고 멈칫, 멈추기를 반복했다. 그리고 잠시 후 뵐룽은 쓰러졌다. 마치 인생의 부조리를 견디지 못하는 고목 같았다.

"뭐야, 술 다섯 병이면 누구나 만취한다는 말을 행동으로 보인 거야."

"그것도 기적은 기적이네. 깡소주 네 병이면 자연스러운 일은 아니니까."

"저렇게 쓰러지는 일 정도는 나도 한다."

대동소이한 말을 하면서 사람들은 상승기류에 흩어지는 구름처럼 삽시간에 사라졌다. 광장을 바라보던 비계에서 행했던 기적이 부끄러운 나머지 뵐룽 스스로 자학적 이벤트를 함으로 기억을 지우려는 퍼포먼스였다고 카지는 생각했지만 누구에게도 말하지 않았다.

모든 것이 정리될 즈음 제자들에 의해 실려 내려오던 뵐룽은 낮게 중얼거렸다.

'그대들이 기적이거늘, 이 우주에서 살아 숨 쉬는 생명인 그대들이야말로 제일 놀라운 기적이거늘.'

제자 중 한 명인 루헤뇨 로사만이 이 말을 분명하게 들었다.

13

 여행은 막바지에 이르렀고 그렇게 마추픽추에 오르기 위해 우루밤바강을 따라 신성한 계곡에 이른 날이었다. 아홉 중 한 제자인 의심하는 자 코르코간이 뵐룽에게 물었다.
 "당신은 무엇을 찾아 우주의 구석구석을 돌아다녔으며, 무엇을 찾았습니까?"
 '이렇게 지구상에도 험한 곳이 많은데 뭣 하러 우주까지.'
 너무 고되었기에 차마 두 번째 말은 하지 못했던 코르코간은 기억하는 자로 새롭게 태어나기 전 슬라브계 사람이었다. 머릿속에서 일어난 폭발을 겪고 운명처럼 뵐룽을 만나 고난의 여정을 떠나고 얼마 지나지 않아 그의 머리카락은 모두 빠졌으며 그렇게 드러난 민머리는 자체로 투명하게 빛나기 시작했다. 그와 동시에 팔이 가늘어지고 점점 길게 늘어나고 있었다. 코르코간은 긴 팔로 간혹 머리 위에서 흘러내리는 땀을 닦았지만 뒤를 따르는 사람들은 커다란 유리구슬에 묻은 먼지를 정성스레 닦아 내는 일로 착각하기도 했다. 고행의 과정에서는 아무도 웃지 않는다. 정말 아무도 웃지 않았다.

뵐룽은 고난의 길을 함께 하는 제자이자 도반의 질문에서 힘 빠지는 마음을 느꼈으되 반응하지 않았.

'이 정도 가지고 뭐.'

이런 생각 또한 밖으로 흘리지 않았다. 일행은 관광객이 없는 한밤중 아구아스 칼리엔테스를 떠나 우루밤바강을 따라 남쪽으로 방향을 잡았다. 이 길은 일반인들이 다니는 길이 아니었다. 그렇게 쏟아지는 별빛을 지고 한참을 걷다가 오른쪽으로 방향을 잡아 바로 가파른 경사를 타고 올랐다. 마추픽추로 향하는 낭떠러지에 가까운 길이었다. 그러나 이 날따라 뵐룽은 이상하게도 평지를 걷듯 거친 숨 한 올 내비치지 않으며 대답했다.

"우주에 의미를 묻기 위해서이니, 왜 우주는 스스로 태어났으며 왜 나 또한 이 우주 안에 있는지 깨닫기 위한 고행이라. 말이 나온 김에 하는 말이지만, 고행으로 치면 많은 수행자들, 요기들이 고행처로 삼았던 히말라야는 따뜻한 남쪽 나라에 지나지 않음이라. 우주라는 곳에는, 절대 그곳에 섣불리 나가려 하지 말 일이라. 지금 사람의 형태를 하고 맨몸으로는 절대 갈 수 없는 시공간이니, 온도를 보자면, 기체의 부피가 0이 되는 −273도에서 가까스로 2~3도 높은데다 진정으로 텅 빈 암흑의 공간이니. 그러다 간혹 태양과 같은 항성에 가까이 갈라치면 그 전자기 폭풍은 또 어찌 말할 수 없음이요, 개중 작은 축에 드는 우리 태양도 표면 온도가 6천 도에서 1만 도를 오르내린다는 사실을 잊지 말 일이니. 따라서 지금 여기 우리 지구가 얼마나 아늑하며 포근한 안식처인지는 진정 나가 봐야 알 일인데, 어느 시원한 도서관에 비스듬히 기대앉아 다양한 우주의 사진을 바라봄으로 겉모양은 알 수 있을 것이나, 또는 멋진 교육 다큐멘터리 화면으로도 짐작은 할 수 있으나, 무엇을 위해 그 멀고 험한 시공간을 돌고 왔는지 말을 하자면, 말로 다할 수 없는 일일 것이나……."

'쓸데없는 말씀을 저리도 힘을 써 가며 참 주책도 없으

신······.'

 그러나 코르코간은 소리로 옮길 힘이 없었다. 길은 인티푼쿠, 그러니까 태양의 문을 통해 마추픽추에 이르는 길이었다. 옛 문명이 빈틈없이 쌓아 놓은 돌담에 몸을 기댄 코르코간이 거칠게 몰아쉬는 숨 사이로 겨우 말을 이었다.

 "알겠습니다. 허억, 그런데 다시 하나 묻겠습니다. 후우, 새롭게 별들이 탄생하는 곳. 가스와 자외선이 격렬하게 폭발하는 공간. 후우, 그래서 가장 밝은 별이 만들어지는 공간인 대마젤란은하를 지나면서 느끼셨다고 하셨죠? 한가운데에서 죽어 가는 별들과 주변에서 새로 태어나는 별들을 지나며 시간의 소멸과 함께 탄생의 고통에 가슴 깊이 통증을 느꼈다고. 좋습니다. 하악, 그런데 그곳은 빛이 달려가도 여기 지구에서 16만 년이 걸리는, 후우, 우리은하 바깥의 먼 곳인데 어떻게 둘러보고 오셨는지요? 그 방법이 궁금합니다. 후우, 근거를 따지지 않는 믿음이야말로 깨달음의 장벽이라고 많은 이가 말하지만, 우리는 마스터 뵐룽을 믿지만 이 믿음은 만물이 가진 논리로 옳고 그름을 따져야 완성됩니다. 양해하실 것임을 또한 믿으며 묻습니다. 우리 시공간은 빛의 속도라는 장벽이 있습니다. 아인슈타인의 상대성이론에 따르면 속도가 빛에 이르면 그 질량이 무한대에 이릅니다. 따라서 질량 있는 것은 빛의 빠르기에 이를 수 없음이 우리 우주의 속성입니다."

뵐룽은 잠시 생각했다. 그 생각은 이랬다.

'미물과의 작은 인연 하나도 쉽게 끊어지지 않는 일이거늘 내 말허리를 끊다니.'

할 말과 아니 할 말을 분별한다면 생각은 현실이 되지 않기에, 뵐룽은 현명하게도 할 말만 한다.

"그대 코르코간은 진정 시공간의 장벽을 아는 자이라. 허나 장벽이라는 말을 곰곰이 생각해 볼진대, 거기에는 함축이 있으니. 벽이라는 말은 그 출생부터 벽 너머를 품고 있음이라. 모든 한계는 그 너머를 포함하고 있음이라. 우주의 장벽인 빛의 속도 너머를 활용하는 몇 가지 이론과 가능성을 곧 여러분과 함께 따질지니, 먼저 여기 펼쳐진 옛 문명의 속삭임에 귀를 기울여 우리의 기억을 일깨우고 설파할 일이라."

이는 분명 난감한 답변을 미룬다기보다는 당장 닥친 일을 먼저 해결하자는 현실적인 순서라는 사실을 모두가 알아들었다. 그렇더라도 따져야 하는 시간은 반드시 다가오는 것처럼 밤이 대지를 덮는 시간도 찾아왔다. 뵐룽과 기억하는 자 아홉 일행은 쿠스코의 어느 허름한 숙박시설에 들었다. 구름 같던 군중은 다시 구름으로 흩어졌으며 다음 해가 뜨면 다시 구름처럼 모일 것이다. 구름 스스로가 가진 힘이기도 했으나 SNS가 보여 주는 탁월한 능력에 힘입은 바도 없지는 않다.

모두는 지쳤다. 지쳤기에 이들은 다른 일을 하기도 한다.

뵐룽은 창을 열고 밤하늘에 시선을 묻었다. 눈으로 보이는 공간은 그가 다녀온 우주의 아주 작은 부분이지만 우리 우주가 품고 있는 1천억의 은하, 셀 수 없는 성단과 성운, 그리고 우리은하가 품고 있는 항성. 그중 1만 개가 채 되지 않는 별이 지구의 대기를 뚫고 지상의 생명들과 눈 맞추며 천천히 움직이고 있었다. 뵐룽은 혼잣말처럼 중얼거렸지만 모두가 들었다.

"낮은 코앞의 현실을 밝히나 밤하늘은 내가 어디서 왔으며 어디에 머물며 어떻게 연결되어 있는지를 생각하며 진실을 마주하는 시간일진대. 우리 모두는 이 질문을 알고 있기에 기억해야 하고 기억을 전해야 할지니."

뵐룽 뒤에서 졸고 있던 베네치오는 이 중얼거림에 놀라 벌떡 일어났다. 아홉 중 페루의 쿠스코 출신으로 이번 마추픽추 순례를 제안했던 그는 놀라 아무 말이나 뱉었다.

"이 밤하늘과 함께 무엇을 할까요?"

질문은 맥락이 없었지만 뵐룽은 한순간도 지체하지 않

았다.

"고스톱이나 쳐 볼까?"

14

 기억하는 자들은 기억해야 하고 기억할 수 있었다. 페루의 태양과 대지의 피가 새겨진 오래된 카펫이 바닥에 깔리면서 뵐룽을 포함한 다섯이 둘러앉았다. 나머지 다섯은 어깨 너머로 카펫 위에서 벌어질 일을 주시했다. 한동안 한국에서만 유행하던 놀이를 지구 곳곳에서 모인 기억하는 자들이 어떻게 함께하는지 누군가 의문을 가진다면 의문을 잊어야 한다. 기억하는 자들이 기억하지 못하리라는 의문을. 별은 천천히 움직였지만 뵐룽이 고개를 돌려 바라볼 때마다 창은 다른 별들이 채우고 있었다.

패가 돌아갈수록 상황은 뵐룽에게 불리하게 흘렀다. 그가 노리는 패는 그의 순서 바로 앞에서 아궁이 속 잔가지처럼 부러졌으며 그가 광이라도 팔라치면 앞 선수가 맥없이 죽었다. 물론 다음 판에는 다시 살아났다. 뵐룽은 어느 은행 앞에서 뒤로 걸을 때처럼 허우적거리고 있었다. 그가 가진 빛나는 눈은 찰나에 반짝이는 절망을 이기지 못하고 순간순간 어두워졌다. 모든 것을 기억하는 사람들이 모였을지언정 그렇게 욕망과 무지의 평균이 조금 내려갔을지언정 패턴은 변치 않았다. 이것이야말로 현실의 속성이고 미래의 방식이었다. 뵐룽 앞에 놓인 휴대 전화에서는 그의 잔고가 예상보다 많이 줄었음을 알리는 붉은 글씨가 점멸했다. 다시 뵐룽의 순서가 돌아왔지만 먹자 할 것이 없었다.

"비풍초똥팔삼."

그는 신중하게 주문을 외우듯 낮게 중얼거렸다. 그리고는 비광을 던졌다. 그리고 말했다.

"포도주 대신 빗물일지나 이것은 나의 피이니 드시라."

지금까지처럼 그가 깐 뒷장은 여지없이 빗나갔다. 그가 내던진 피는 다음 사람이 바로 마셨다. 한 바퀴가 돌고 다시 그의 순서가 되었지만 여전히 고된 순례자는 먹을 것이 없었으니 그는 다시 주문을 외웠다.

"비풍초똥팔삼, 빵은 아니나 이것이야말로 나의 몸이니, 맘껏 당신의 허기를 채우라."

주문과 동시에 그가 던진 똥광은 그의 몸이었다. 그의 뒷장이 다시 빗나가자 뒤 수행자는 지체 없이 똥광을 챙김으로 뵐룽의 몸으로 허기를 채우는 은유를 행했다. 누가 보아도 판세는 기울었다. 뵐룽은 들었던 패들을 담요에 내려놓고 조용히 판을 물렸다. 세속의 사람이 보았다면 잃은 사람이 꼬장을 부리며 판을 엎은 것이라고 볼 수도 있는 상황이었지만 뵐룽은 정좌하여 차분하게 분위기를 추스르고 주변을 둘러보았다. 모두 자세를 다잡았다.

"오늘 밤에 내가 제안한 고스톱은 새로운 기억에 대한 새로운 해석을 전할 기회를 만들기 위함일지니."

아홉 모두는 숙연하게 집중했다.

"비풍초똥팔삼에 대해서 아시는가, 그대들은?"

많은 곳에서 살아 있는 홈 어드밴티지라는 풍속 덕에 적잖이 딴 베네치오가 대답했다.

"예. 그 주문은 원래 고스톱의 원리가 아니라 육백이라는 게임을 하던 사람들이 외던 것이라고 알고 있습니다."

"그 또한 틀리지 않으나, 근원을 말하자면 이 주문은 사라지는 것들에 관한 은유로 읽어야 함이니. 사라지는 것들의 순서를 통찰하는 은유일지니."

"그렇다면 비는 반드시 삼보다 먼저 버려야 합니까?"

코르코간은 쏟아지는 졸음에 눌려 모든 것을 버리고 싶었으나 기억하는 자로서 책임감은 뵐룽의 말 한마디도 버리지 않았다.

"이 또한 은유로 말하자면, 풍보다 먼저 비를 버림으로 어떤 이익을 얻고자 함이 아니라 사라지는 것들의 균형을 맞추는 일이니. 한 예로 사람이 죽음을 맞이하는 순간이라 치면 삶의 아름다움을 다시 새기는 일보다 먼저 우주 순환의 원리를 깊이 깨치는 일, 풍에 앞서 비를 버리는 일일지니. 그리하여 다시 비는 인간이 가진 욕망을 은유함으로 가히 가장 먼저 버릴 만할지라."

"그러하면 죽음에 임하는 순간 우리가 비풍초똥팔삼을 암송하는 일은 어떠합니까?"

이자벨이 던진 이 엉뚱한 질문은 순전히 졸음 탓이었다. 북유럽 출신의 여성인 이자벨은 기억하는 자로서 머릿속의 폭발을 겪고 여행을 시작하면서 눈처럼 희던 피부 전체가 무거운 회색으로 변하고 있었으며 더 짙어지는 눈썹과 눈동자는 인간의 혈통에 관한 고정관념을 뒤흔들어 놓고 있었다. 뵐룽은 지체하지 않았다.

"나쁘지 않으나 그보다 우선하는 일이 있으니, 인생의 변곡점에서 주문에 기대는 일은 불에 놀라 물로 끄려 하는 일이요, 주문을 따져 은유의 뒤를 노려보는 일은 불을 가꾸어 밥을 짓는 일이나, 그 윗길은 주문을 외지 않고 스스로 주문이 되는 것이라. 이것이야말로 불의 생태를 깨우쳐 항상 불을 가슴에 품고 다니는 일임이라."

이야기가 여기에 이를 때에는 이미 별 중 하나가 몸집을 불려 해가 되어 창을 채우고 있었다.

"그래서 우리는 진정 무엇을 기억합니까? 그리고 무엇을 버려야 합니까?"

던지지 말아야 할 돌멩이였다. 이 크고 무거운 의문은 기억하는 자들 모두에게 가장 근원적인 질문이었으며 이 수행의 목적이기는 했으나, 얼토당토않은 놀이 때문에 뜬눈으로 밤을 지새우고 맞은 쿠스코의 아침에 꺼내 놓을 화두는 절대 아니었다. 말씀 많은 뵐룽의 빛나는 눈이 한층 더 반짝였다.

15

 높은 땅을 지나는 상쾌한 공기가 일행이 머무는 방을 한 바퀴 돌고 나갔으나 고단한 순례자들의 졸음을 가져가지는 못했다. 빛으로 가득 차 곧 터질 것 같은 창을 등지고 앉은 뵐룽이 고개를 들었다. 이것이 신호가 되어 아홉 도반 모두 둥글게 둘러앉아 허리를 곧추세웠다. 그들은 빈 그릇이 되었다. 뵐룽의 말로 가득 채울.
 뵐룽은 오래전부터 시작된 아주 긴 시간을 더듬기 시작했다.

아주 오래전, 해가 지금보다 젊어서 더 뜨겁고 바쁘던 때, 바다는 왕성해 더 많은 구름을 만들던 시절, 철이 덜 든 바람이 세상 구석구석 비밀을 뒤지고 다니던 계절, 가까스로 사람이 있었고 사람의 모습을 하고 세상 앞에 쭈뼛거리며 나서던 새벽. 지금보다 짧았던 밤 중 하나, 그래서 힘껏 어두웠던 밤하늘에는 하늘에 박혀 있는 별보다 많은 별똥별이 떨어졌다. 사람들이 본 적 없는 별똥별이었고 어머니 지구도 처음 맞는 별똥별이었다. 그리고 한 선인이 내려왔다. 그는 사람의 모습이기도 하고 사람 아닌 모습이기도 했으며, 모습 없는 목소리만으로 내려왔다는 전언도 있지만, 누군가, 어쩌면 무언가가 왔다.

그는 아주 먼 하늘에서 온 정신으로, 우주의 목적과 생명의 비밀을 아는 자이고 또 알지만 말하지 않는 자였다. 그가 말했다.

'아직은 때가 아니니. 2만 개의 생명의 다리를 건너면, 그때 너희들은 기억할 것이라. 누군가 찾아가 너희를 깨울 것이며 기억하고 일어날 것이리니. 때가 되면 말하리라, 우리가 기억하는 것을.'

한밤에 내려온 자는 어둠에 몸을 감추고 세상을 돌며 아홉 명의 사람에게 씨앗을 뿌리고는 한밤의 땅속으로 사라졌다. 그 밤 아홉 모두는 밝은 빛이 나타나 그들의 몸 구석구석에 한 자 한 자 비밀스러운 문자를 새기는 꿈을 꾸었다. 씨앗을 품은 자들은 그렇게 자기 몸과 기억에 무엇이 새겨져 있는지 모른 채 살다가 죽었다. 아홉 사람은 아홉 개의 다른 땅에서 살았고 아홉 개의 다른 하늘을 바라보았으며 아홉 개의 다른 공기로 숨 쉬었다. 그렇게 아홉 개의 다른 영혼은 서로를 알지 못한 채로 아홉 개의 다른 인생을 사용하고는 조용히 내어놓은 것이다. 그들이 가진 공통점은 단 하나 자손을 낳아 명맥을 이었다는 것뿐이었다.

자손은 자손을 잉태했고 또 자손은 자손을 낳아 길렀다. 하나씩 하나씩으로 이어진 위태로운 혈통이었다. 생명은 그렇게 2만 개의 다리를 건넜고 때에 이르러 가장 먼저 한 사람이 태어났으니 그는 아랫배에 북극성과 북두칠성을 가지고 있었다. 그리고 약속의 돌로 자신을 내리쳐 자신 안에 있는 오래된 선인의 기억을 일깨우고는 그 스스로 뵐룽이라고 말하며 다른 아홉을 찾으러 길을 나섰다.

여기까지 오는 과정은 뵐룽 특유의 수사가 붙었기에 반나절의 시간이 필요했다. 수면睡眠의 수면水面에서 절박하게 오르내리던 아홉 중 로사가 물었다.

"그들이 우리라면 이제 우리는 무엇을 기억합니까? 그

리고 무엇을 뿌려야 합니까?"

역시 피로한 기색을 지우지 못한 뵐룽 또한 짧게 답했다.

"우리는 오래 살아야 할지니. 오래 살면서 왜 오래 살아야 하는지 깨우쳐야 할지니. 때가 되면 기억날지라. 우주가 말하는 과정을. 우리 생명에게 지워진 목적을. 그리하여 모두 싸우지 말지어라."

16

긴 시간이 지났으나 말씀 많은 뷜룽의 눈이 다시 반짝였다.

"자 그럼, 그 질문이 가야 할 길을 지금부터 떠나 볼지니."

피로에 지친 아홉은 아연 긴장하였지만 말을 마친 뷜룽은 벌떡 일어나 침대로 다가가 이불 안에 들었다. 벌렁 드러누웠고 이내 코를 골았으며 그 소리는 우루밤바강의 거친 울음이었다. 아홉은 서둘러 그를 따르기 위해 각자의 침대로 향했다.

그렇게 그들이 고대하던 잠에 든 후 아흐레 동안 깨지 않을 작정이라는 사실은 뵐룽만이 알고 있었다. 그러나 그 방은 이틀 치의 숙박비만 지급되었기에 이튿날의 이튿날 문을 따고 들어온 주인은 열 명의 사람 모두가 죽은 듯 잠들어 있는 장면과 마주쳤다. 그들은 실제로 죽음의 땅에서 멀지 않은 곳을 떠돌며 수행 중이었으며, 그곳에 가기 위해 꿈이라는 통로를 사용하고 있었기에, 깨어 있는 사람들이 널린 시체들로 판단할 만한 이유가 전혀 없지는 않았다.

지역 경찰이 출동했고 언론은 사이비 종교가 주도한 집단 자살 가능성에 주목했다. 논의 끝에 강제로 이들을 들어내려는 움직임이 있던 4일째 되는 날, 뵐룽은 잠깐 일어나 간략하게 상황을 설명하면서 예정보다 길어진 숙박비에 관해 굳게 약속하고는 다시 잠에 들었다.

그렇게 불현듯 먼 여행을 떠난 그들이 가장 먼저 들른 곳은 달이었다. 근원을 향한 긴 여행을 떠날 때 달은 마음을 다지며 신발을 신는 현관 같은 공간이다. 인간이 달에 가려면 여러 가지 장비가 필요한 데다 과정도 복잡하다. 일단 지구 궤도에 이것저것 짐을 실은 비행체를 올려서 빙빙 돌다가 그중 일부만 출발해 다시 며칠을 가야 한다. 다음도 마찬가지다. 달 궤도를 돌다가 적당한 시기에 착륙선을 내려보내고 여기까지 성공하더라도 조심스레 이 과정을 거꾸로 되짚어야 집에 올 수 있다. 돈의 규모 또한 천문학에서 쓰는 숫자 단위로 움직이는 데다 지구라는 안락한 요람에서 탄생한 생명에게는 단 일 분도 견딜 수 없는 혹독한 우주 환경을 가로질러야 하는 위험천만한 모험이다. 하지만 뵐룽과 기억하는 자 아홉이 떠난 여행은 이런 현실적인 제약이 없었으며 무한한 시공간의 장벽도 없는 듯 무시했다.

장벽이라는 말이 태생부터 장벽 너머를 가지고 있듯, 자유라는 말은 그 앞에 구속이 버티고 있다. 우리에게 가장 큰 구속은 다름 아닌 유기체로 만들어진 몸이다. 몸이 있으므로 중력에 구속되고, 뜨거운 몸이 있어 욕망에서 허우적거리며, 몸이 있어 살아 있음에 집착한다. 그러나 몸이 있기에 기억해야 한다는 기억 또한 일깨울 수 있다.

처음 지구를 떠날 때 모두를 휘감는 충격은 경외감이다. 우주 안에서 먼지보다 작은 지구, 그러나 광대한 암흑 속에서 생명을 품어 키우고 있는 작고 파란 자궁. 스스로 생명인 엄마이자 허약한 생명의 고향인 지구와 얼굴을 맞대는 순간은 신의 얼굴을 보는 듯한 경외감이 모두를 감싼다.

몇 걸음 뒤로 물러나는 다음 순간은 깊은 공포와 만난다. 단 한 번도 마주하지 못했던 깊은 어둠인 우주와 맞닥뜨

리면 바닥없는 현기증과 함께 생명의 시작부터 가지고 있던 죽음의 공포, 엄마 곁에서 멀어지는 두려움과 마주한다. 다음은 깊이를 알 수 없는 외로움이다. 언뜻 등 뒤를 덮치는, 무엇과도 연결되지 않은 나. 우주를 떠도는 수소 원자 하나가 느끼는 저 바닥. 그렇게 몸을 지우고 나서 느끼는 몸의 회한.

달에서는 마음을 다지고 우주에 적응하는 일이 중요하지만 달에서 지워지지 않는 상처를 보게 된다. 수많은 크레이터, 수십억 년 전부터 생긴 상처들이 있으나, 상처를 쓰다듬어 지워 주는 바람이 없어 지금도 그대로이다.

그래서 아직 세간에 알려지지 않은 획기적인 과학 기술이 적용된 것이라는 말도 있었고, 집단 무의식적 환각을 이끌어 낸 결과라는 추측도 있었다. 또 최면으로 강압된 기억을 만들었다는 주장도 있지만 무엇이 사실이든 간에 뵐룽과 아홉 모두가 같은 여정을 기억하고 있고 비슷한 감동을 겪었다는 것은 사실이다.

다음 경유지는 화성이었다. 화성의 환경에 정신적 적응을 마치고는 마리너 계곡에서 잠시 숨을 돌린 뒤 본격적으로 깊은 우주를 향하기 시작했다. 먼저 태양계에서 가장 가까운 밝은 성운을 지나쳤다. 신의 눈이라고 불리는 헬릭스 성운을 지나며 뭔지 모를 따가운 눈총을 경험했고 불꽃놀이 신성이라 불리는 페르세우스자리 GK별에서는 시끄러운 폭발음에 몸을 떨었다. 1,420광년 거리에 있는 M42 오리온 대성운에서는 태어나는 별들을 쓰다듬다 살을 데기도 했는데 이는 장구한 시간에 걸쳐 별들은 왜 태어나는지 사유하려는 행동이었다.

얼마 후 일행은 우리은하 중심부에 이르렀다. 거기에는 태양보다 400만 배 무거운 블랙홀이 있었고 그 사건의 지평선을 보며 지극히 느리게 가는 시간에게 은하의 역사를 들었다. 이제 우리은하를 벗어나 안드로메다은하를 바라보았다. 맹렬한 속도로 달려와 37억 5천만 년 후에는 우리은하와 충돌할 각오를 가지고 있는 안드로메다은하에게는 아무 말도 건네지 않고 계속 길을 갔다. 더 멀리 더 멀리에 이르러 거의 우주의 끝인 인플레이션 당시의 우주를 먼발치에서 만나자 이제 모두 돌아가고 싶었다.

이렇게 오래전 선인이 지나왔고 청년 뷜룽이 아홉 주기 동안 걸었던 길을 아홉 도반과 다시 몸으로 겪은 것이다. 그러나 이제는 함께였다.

그들은 쿠스코로 돌아왔고 모두 뒤돌아보지 않고 흩어졌다. 각자 자신이 속한 땅으로 돌아가 사람들 안에 새겨져 있는 오래된 기억을 일깨우는 일만으로도 시간은 턱없이 부족했기 때문이었다.

이들이 인사도 없이 헤어지기 전, 기억하는 자가 된 후 투명해지는 코가 커져 얼굴의 절반이 된 코르코간은 하늘을 째려보며 외쳤다. 어딘지 모르게 닮아 가는 뵐룽의 말투로.

"우리는 기억을 찾았고 또 우리 할 일을 깨쳤으니, 이제 그 일은 일어날 것이라!"

17

    목적지인 부산항이 눈에 들자, 바다 위에서 미끄러지는 작은 산 같은 규모를 가진 여객선은 크게 기적을 울렸다. 뷜룽은 난간을 꼭 쥐고 배 위에 서서 허옇게 속살을 뒤집어 보이는 물보라를 물끄러미 바라보고 있었다. 으레 잠이 덜 깨 퉁퉁 부은 눈이었다. 옆에는 세 번 개기는 자 다와삼둡 카지가 서 있었다. 인천에서 비행기를 타고 우크라이나로 향하기 위해서였지만 그가 먼 길을 돌아 고향으로 돌아가는 이유는 조금이라도 더 뷜룽과 함께하고 싶어서였다. 물론 다른 도반들은 카지의 이런 행동에 대해 아무도 질투하지 않았다.

"차가운 바람이 뵐룽에게서 찾을 수 있는 인품 같습니다."

이런 도발에도 뵐룽은 움직이지 않았다. 소변 후의 떨림처럼 크게 한 번 떤 뵐룽은 혼잣말로 중얼거렸다.

'나의 밤은 세 개의 뗏목으로 건너야 하는 미친 강이니. 그리하여 세 개의 베개를 타고 건너야 아침을 맞을 수 있으니. 초저녁에 베는 그물베개는 낮 동안 쌓인 어지러운 비명들을 걸러 내는 아가미 역할을 하는 베개요. 한밤중은 사각의 목침을 타고 떠다니며 탈진한 내 정신과 기억으로 노 저어야 건널 수 있으며, 새벽녘에 출렁이는 털베개는 다가오는 아침의 불안에 귀 막기 위해 바닥없는 탄성을 가진 것이니. 아침에 닿아 돌아보면 흥건하게 젖은 악몽들만 널려 있으니. 나는 강기슭 저편에 무엇을 두고 왔는지 기억나지 않음이라.'

카지는 뵐룽이 초저녁부터 늦은 아침까지 얼마나 깊게 잘 잤으며 요란하게 코를 골았는지 잘 알고 있었다. 그러나 개기지 않았다. 지난밤 이미 하루분을 다 사용했기 때문이다.

항구에는 예의 많은 사람이 모여 있었다. 뵐룽에게 말을 청하기 위해서였다. 뵐룽은 수산물 플라스틱 바구니 셋을 쌓아 만든 초록 연단에 올랐다. 빛나던 그의 눈동자는 이상하리만치 어두워져 있었으며 목청은 평소의 반에도 이르지 못했다. 그럼에도 기합처럼 말을 텄다.

"그대들이여, 싸우지 말아야 할지라!"

그때 항만사무실 유리창에서 작게 반짝이는 불빛을 뷀룽만이 보았다.

"싸우지 않을 수 있는 사람은 본능을 걷어 낸 사람일지니, 우주를 똑바로 보는 이라. 우리는 흔히 원인에서 결과로 나아가나 뒤에서 앞으로, 결과에서 원인을 만들 수도 있음이라, 싸움만 안 해도 철학을 얻을 수 있음이며, 그리하여 싸우지 않는다는 일만으로 세계를 온전히 인정하는 일이니, 그런 사람만이 할 수 있는 일이라!"

뷀룽은 움찔 플라스틱 바구니에서 내려오려 했다. 그러나 무리 중 누군가 외쳤다.

"무슨 소리입니까? 안 싸우면 철학을 얻는다니? 세계를 인정한다니?"

뷀룽은 다시 바로 섰다. 그러나 약간 똥 마려운 자세였다, 다시 말을 시작했다.

"똥이 마려워 화장실에 가는 그대여, 지금의 우리일진대. 그럼에도 우리가 매일 가다 보면, 화장실에 가기만 해도 똥이 마려울 것이니. 결과가 원인을 만듦이라. 이것이 바로 역 교화이니. 그대들은 힘써 이해하려 말고 행동만 할지라."

이 끝을 기다리기라도 한 듯 찬 공기를 찢는 날카로운 파열음이 울렸고 이 소리는 모두가 들었다. 세 발의 총성이었다. 그리고 아주 오랫동안 메아리쳤다.

첫 발은 뵐룽의 보라색 머리카락을 스치며 스티로폼 부유물 사이 바닷물에 잠겼다. 이것이 뵐룽의 머리에 직접 충격을 주었는지 확인할 수 없었지만 그는 크게 흔들렸다. 두 번째 총알은 사정없이 심장과 가까운 가슴께를 관통했다. 그는 뒤로 쓰러지기 시작했다. 세 번째 총알은 쇄골에 비껴 맞으면서 방향을 바꿔 파란 허공으로 사라졌다.

뵐룽이 총격에 쓰러지면서도 아침에 잠에서 깨기 싫어 햇살을 피해 돌아눕는 사람의 표정을 지었다고 카지는 말했다. 다음 순간 밝은 눈은 꺼지는 듯 감겼다. 카지는 보았다. 뵐룽의 피는 붉었다.

이후 한동안 일어난 일들은 아무도 기억하지 못했다. 모든 사람이 정신이 돌아왔을 때는 어디서 왔을지 모를 벌떼가 그를 둘러싸 회오리치고 있었다. 수만 마리는 됨직한 벌떼는 마치 뵐룽을 모두의 시선에서 지켜 내려는 듯 쓰러진 자리 바로 위에서 거대한 도넛 형태를 그리며 돌고 있었다.

벌들의 비행 소리는 여객선의 기적 소리를 지우고도 남았다. 아무도 다가가지 못했고 누구도 뵐룽 곁에 가려 하지 않았다. 카지만이 뵐룽의 손을 꼭 잡고 젖은 바닥에 주저앉아 있었다. 앰뷸런스가 도착하고 의료진이 들것으로 뵐룽을 옮길 때 그의 손에서 작은 메모지 한 장이 떨어졌고 그와 동시에 벌떼는 2미터 정도 상승해 뵐룽을 차로 나르는 일을 도왔다. 카지는 일어서 메모지를 주웠고 벌들은 병원에 도착할 때까지 공중에서 차를 따랐다. 그리고 어디로 흩어졌는지 아무도 알 수 없었다.

내비게이션

"내가 미쳤지!"

생각을 놓쳐 그만 말이 되어 쏟아지고 말았다. 버릇처럼 흠칫 놀랐지만 주위는 악을 쓰며 발광한들 나무 하나 움찔 돌아봐 주지 않는 야트막한 구릉의 내리막 사면 한가운데였다. 지방 국도 하나를 시커먼 입을 벌려 삼키고 있는 터널의 입구가 저만치 보이는 이 자리, 할 일 없이 서 있는 나를 보고 누군가 '왜?'냐고 묻는다면 마땅한 이유를 댈 수 없는 상황이었다. 나 스스로도 '여기서 뭐 하는 거야? 미친 거 아냐?'라고 되묻고 싶은 상황이었다.

돌아서 열 걸음만 가면 반대편 경사로 내려가는 길 아닌 길이 있었고 그 아래 10여 미터를 더듬더듬 내려가면 툴툴, 불만이 가득 찬, 스무 살 먹은 작은 차가 쭈그리고 앉아 거친 숨을 몰아쉬고 있다.

이곳은 서울을 등지고 남쪽으로 달리다가 경기도와 충청도가 만나는 경계를 지나 어느 한적한 마을로 들어서는 입구이다. 검은 터널로 연결된 도로는 이곳에서 마을로 들어서는 작은 갈림길을 나누어 주고는 무심코 둔덕산 자락을 돌아 나간다. 게으른 봄이 뭉개고 있는 사이 여름은 후끈한 날숨으로 바삐 땅을 다졌는지 온통 묵직한 초록으로 멍 들어 있었다. 차를 향해 내려가다 비스듬히 디딘 왼발이 미끄러진다. 반사적으로 붙잡은 나무는 하필 성인 키만큼 자란 아카시나무이다. 가시에 찔린 손바닥에는 이때다 싶은 핏물이 살에 배어 오른다.

"미쳤지, 내가."

이곳은 이틀 전 정확하게 내비게이션이 찍어 준 장소이다. 오래된 내비게이션은 월세에 떠밀려 이사한 원룸 보일러실 바닥에 웅크리고 있었다. 낡은 화면 아래 매달려 덜렁거리던 단자를 잘 닦아 대시보드 구멍에 꽂자 갈라지고 끊어지는 여자의 목소리일망정 작동을 시작했다. 빨판에 더운 숨을 몇 번 불어넣고 앞 유리에 부착하고 차에 시동을 넣었더니 다시 여자의 목소리가 들렸다. 차는 그렇게 말하기 시작했다.

솔직히 좀 신기하기도 했다. 요즘 나오는 새 차들이야 기본적으로 차와 한 몸을 구성하는 장치이지만, 뜻밖에 찾아온 낡은 뭉치 하나를 얹자 차는 늘그막에 내게 말을 걸어 왔고, 아니 이래저래 잔소리를 시작했고, 그러자 한층 더 애정이 가기 시작했다.

차에 앉자 내비게이션은 여지없이 입을 열었다. 집에 가려면 왼쪽으로 돌아 국도에 올라가 서울 쪽으로 방향을 잡으라는 당연한 언사였다. 그러나 나는 차를 오른쪽으로 틀어 작은 마을 입구로 향한다. 딱히 이유는 없었다. 내비게이션은 당연히 저 앞에서 차 머리를 돌리라고 말할 것이다. 아마도 저 앞에 이르면 나는 순순히 말을 들을 터였다. 그러나 예상한 곳에 이르렀지만 뜻밖에 차는 아무 말도 하지 않는다. 언뜻 농가주택을 개조한 작은 카페가 눈에 띈다. 이즈음 농촌의 곳곳에서 젊은이 취향의 카페를 찾아보는 일은 어렵지 않다. 수제 차와 향료, 비누와 같은 작은 수공예품의 판매를 겸하고 있다. 카페 주차장에 차를 부리고 유리문을 밀고 들어선다.

'발로 만든 비누도 있나? 뭘 굳이 수제까지.'

의자에 몸을 얹고 얼음에 잰 시원한 원두커피 한 잔을 앞에 놓자 심심하다 못해 자살이라도 할 것 같은 한 조각 시골 풍경이 마주 앉는다. 정말 오랜만이었다. 이렇게 멍한 시간. 주인으로 보이는 30대 여자와 막냇동생 또래의 또 다른 여자가 마주 앉아 소곤소곤 내용을 알려 주지 않는 수다를 배경음으로 깔고 있다.

낡은 내비게이션이 영민하게 작동하리라고는 기대하지 않았다. 운전하는 일이 그리 많지 않지만, 그 시간 동안 그것은 물론 제멋대로였다. 전원을 넣어도 아침에 이부자리에 앉아 한참 동안 정신 차리지 못하는 초등학생처럼 멍하니 파란 화면만 보여 주기 일쑤였고 어떤 때는 내가 달리는 도로 대신 도로 옆 산의 정상을 질주하고 있는 내 차를 표시하기도 했다. 이런 경우에 내비게이션은 스스로도 무안한지 아무 말도 하지 않았다. 그래서 나는 이 낡은 기계를 정확한 안내자라기보다 그저 말동무로 여기고 지냈다. 이런 식이었다.

"200미터 앞 좌회전입니다."

"왜? 그럼 뭐 있어?"

"전방에 연속 과속방지턱이 있습니다."

"후방에 연속 잔소리를 지나왔습니다. 히히. 뭐?"

"목적지 부근입니다."

"부근이 어디야? 내 목적지는 집이야. 집으로 가자니까!"

맘껏 유치한 말장난을 해도 내비게이션은 그저 자기가 할 얘기를 하거나 조용히 입을 다물고 있었다.

열흘 전이었다. 그날도 몇 번, 익숙한 오작동이 있었다. 정지된 상태로 잠이 깰 때까지 버티기를 20여 분, 도로가 아닌 논 가운데를 누비고 다니기 10여 분, 꺼졌다 켜지기를 반복하며 10여 분, 영 뜬금없는 장소와 시간에 내 차를 가져다 놓고는 딴청을 부렸다. 흔한 일이었다.

개중 선명하게 한 장소를 지목한 경우도 있었다. 지도로 보면 충남 예산에 있는 예당저수지 바로 옆 도로에 다른 사람도 아닌 내 차가 조용히 머물고 있었다. 날짜는 3일 후로 표시되어 있고 오후 3시 10분이라는 시간까지 선명하게 표시하고 있었다. 강남의 테헤란로를 통과하며 신호대기 중에 심심했던 내비게이션이 내게 던진 실없는 농담이라고 생각했다. 히죽, 웃고 말았다. 그리고 잊었다.

이틀 뒤, 모 일간지 문화부에 있는 선배에게서 전화가 왔다. 술을 마시면 주사가 심한 편이라 오후 전화는 잘 받지 않고 지내던 터였는데 울어 대는 전화 소리를 듣고는 화장실에서 뛰어나오다가 얼떨결에 받고 만 것이다.

"야, 너 요즘 별일 없지?"

"형 전화가 별일인데, 나 오늘 약속 있어요."

"술 마시자는 얘기 아냐, 인마. 이제 네가 애원해도 절대 안 사 준다."

"그러니까 갑자기 한잔하고 싶어지는데? 형이랑."

"출장비하고 원고료 잘 쳐줄게. 내일 인터뷰 한 군데만 하고 와라. 기획 첫 회인데, 기자 하나가 인터뷰 약속까지 다 잡아 놓고는 제대로 빵꾸 내고 사회부로 토꼈다. 사진도 좀 찍어 오고."

"나 요즘 바쁜데. 몰랐어? 그래서 얼마나 줄 건데?"

말이 좋아 프리랜서 작가이지 돌아앉으면 사십 문턱에 이른 희멀건 백수에게 이런 일은 솔깃한 용돈벌이였다.

"알았어. 형 부탁이니까 갔다 올게. 대신 술 산다는 말 하지 말고 원고료에 더 붙여 줘."

"승질 드러운 자식! 내 돈 주는 줄 알아? 회삿돈이지. 기사나 잘 써. 지난번처럼 해설서 없는 형이상학 써 오지 말고. 내가 책임지고 네 글 고치느라 밤 꼴딱 샜어, 짜샤. 또 그러느니 내가 갔다 온다. 이번에도 그렇게 쓰면 다시는 일 없어.

알아?"

"몰라! 하여간 자료 있으면 메일로 보내. 뭔 건인지."

그렇게 떠난 예정에 없던 인터뷰 일정이었다. 장소는 일절 연고 없는 충남의 한복판. 농촌의 폐교를 임대받아 자연 학습 프로그램을 진행하는 한 공동체의 이야기를 듣고 그들의 프로그램도 소개하는 기사였다. 한 시간여 인터뷰를 진행하고 주변 학습장을 둘러보면서 사진을 찍고 나자 한껏 여유로워졌다. 생각해 보니 오랜만에 교외로 나선 발걸음이었고 주위 풍광도 예사롭지 않았다.

얼마 전까지 아이들의 웃음소리와 발소리가 가득했을 운동장은 여름을 맞는 잡초들이 줄지어 키 재기를 하고 플라타너스는 큰 잎사귀를 매달고 있느라 안간힘을 쓰고 있었다. 교문 옆에서 혼자 웅크리고 있는 차로 걸어가 조수석에 카메라 가방을 던지고는 운전석 쪽으로 이동하려 몸을 돌리자 거기에 있던 넓은 호수가 눈에 들어왔다. 예당저수지. 번뜩, 뒤통수가 서늘해졌다. 3일 전 내비게이션이 보여 준 장소. 정확하게 그 자리에 내 차가 자리하고 있었다. 휴대 전화를 열어 시간을 봤다. 선명한 글씨, 3시 10분.

조금 시간이 지나자 작은 카페의 통유리를 꽉 채운 시골 풍경은 이발소 그림처럼 식상하고 또 무료했다. 선선히 몸을 젓는 들풀 너머로 먼 산 하나가 꼼짝 않고 졸고 있었다. 내 생활도 이 풍경과 크게 다를 것 없었다. 좁다는 단어도 민망한 원룸에 담겨 뒹굴며 졸다가 잤다. 그러다가 인터넷에 떠도는 이야기에 살을 붙여 현실에서 벌어진 이야기로 둔갑시키는 일을 했다. 누구에게는 문학이라는 거푸집을 씌워 넘겼고 또 누구에게는 익명의 가십성 기사로 팔려 나갔지만 그런 일마저도 뙤약볕이 무서워 숨어 다니는 통에 잦아들던 중이었다.

돌아다니기 싫었다. 그래서 오늘같이 뜻밖의 일은 신선한 자극이기도 했지만 그 안에는 균열의 공포 같은 것이 섞여 있었다. 커피는 이곳 분위기만큼이나 밍밍했다. 이곳에 길게 앉아 있을 이유도 없었고 서둘러 일어날 이유도 찾지 못했다. 이때 카페 마당에, 정확하게는 내 차 옆 공간에 한 무리의 먼지를 이끌고 온 선홍색 경차 한 대가 조용히 자리 잡았다.

머릿속이 하얘지면서 세상이 점점 멀어졌다. 그 중심에 너무 익숙한 그 차만 남았고 전부 시커먼 암흑으로 변했다. 차 번호판을 노려보았다. 정확하게 숫자를 식별할 수는 없었지만 그 윤곽은 너무 눈에 익은 것이었다. 이내 한 여자가 차에서 내려 카페를 향해 걸어온다. 짧은 머리를 깡뚱하게 올려 묶은 여자, 구부정한 어깨를 번갈아 앞뒤로 흔들며 씩씩하게 걷는 여자, 손가방 대신 백팩을 메고 다니는 여자, 웃을 때는 하늘을 쳐다보고 꺽꺽거리다가 고개를 숙이면서 킥킥거리며 마무리하는 여자, 왼쪽 등허리에 손바닥 넓이의 옅은 점이 있는 여자, 매일 때려치우겠다는 말로 아침 인사를 하면서도 신문사 문화부 기자로 출근하던 여자, 소양숙이라는 이름을 가진 여자.

여기가 어디인지 온통 까맣다. 그러나 눈을 뗄 수도 없었다. 조심성 없이 카페 문을 밀친 여자는 웃으며 주인과 몇 마디 주고받는다. 서로 낯이 익은 사이이다. 돌아선 여자는 유리 옆에 설치된 선반 자리로 걸어가다가 구석에 앉아 있던 내 눈길과 필연적으로 마주친다. 나는 시선을 돌릴 생각조차 못 하고 똑바로 여자를 쳐다본다. 아마 입도 다물지 못하고 있었을 것이다. 여자는 2초 동안 얼어붙는다. 그러고는 억지웃음을 띠고 내게로 걸어온다. 목덜미가 뻣뻣해진다. 묻지도 않고 내 앞자리 의자를 뺀다.

"동국 씨, 오랜만이네. 그런데 이런 시골에 무슨 일이야?"

"어, 어, 양숙. 아니, 소 기자."

그랬다 나는 항상 그냥 양숙, 이렇게 불렀었다. 몇 초, 짧은 침묵이 얼마만큼 긴 시간으로 늘어날 수 있는지 새삼 놀라웠다.

"어, 2년 만인가?"

"그렇네, 정신없이 살았네. 벌써 2년이 지났어."

"아직 문화부에 있지?"

궁색한 말더미 중 먼저 나서는 놈은 항상 이런 촌스러운 녀석이었다.

"아니, 신문사도 옮기고 며칠 전에 사회부로 바꿨어. 지루해서."

내게 일을 던졌던 박 선배의 말과 겹쳤다. 뭔가 이상하게 연결되고 있었다.

"혹시, 박 선배 있는 그 신문사 아냐? 양숙. 아니 소 기자."

"어떻게 알았어? 아무한테도 말 안 했는데."

"며칠 전에 어떤 기자가 빵꾸 낸 기사, 그거 내가 쓰고 있거든. 박 선배가 연락해서."

"무슨 생태학교 그거?"

"어, 거기 내가 다녀왔는데."

"그거 내가 반대했던 기사인데."

양숙은 잠깐 골똘히 생각하더니 올라가는 눈꼬리로 자신 안에 떠오르는 의심을 숨기지 않았다.

"오랜만에 만났지만, 이제 우리 서로 반갑다고 말할 사이는 아니잖아? 그래서 말인데, 혹시 누가 보내서 온 거 아냐? 이런 외진 곳에서 2년 전 헤어진 남자를 만난다는 일은 우연으로 쳐도 너무 희귀한 축에 들잖아? 갑자기 우연이 아니라는 확신이 드는 이유는?"

"아, 아냐. 그게,"

내가 왜 이 시간에, 이곳에 앉아 있는지 설명할 수도 없었고 설명하고 싶지도 않았으며 공들여 설명한들 믿지도 않을 것이다. 그 대신 누군가 뒤에서 어느 골짜기로 등을 떠밀고 있다는 느낌을 지울 수 없었다.

3시 10분. 그 선명하게 떠오르는 시간을 확인하고는 차에 올라 내비게이션에 전원을 넣었다. 녀석은 늘 그렇듯 딴청을 부리며 시작하였다. 놀란 마음은 손가락을 급하게 다그쳤다. 손톱으로 내비게이션의 터치스크린을 연속으로 눌러 댔다. 꿈쩍하지 않았다. 동그란 원형 구멍에 꽂힌 전원을 뺐다 다시 꽂고는 연신 스크린을 두들겼다. 그러자 다시 켜진 녀석은 아직 보지 못했던 파란 화면을 펼치면서 메시지 하나를 띄웠다.

"현재 위치와 시간 정보를 전송 중입니다. 잠시 기다려 주세요."

내비게이션에서는 처음 보는 화면과 메시지였다.

"3시 10분. 예당저수지 부근."

그러고는 다시 일상적인 내비게이션의 업무로 돌아왔다. 차를 움직일 생각도 못 하고 운전석 의자에 깊게 몸을 묻었다.

'이 자식, 내 위치 정보를 어디로 보낸다는 거야?'

가만히 정리해 보았다. 3일 전에 이 녀석이 보여 준 것이 지금 내 위치와 시간이 맞는다면 나는 흘끔 미래의 정보를 본 것이다. 다시 내비게이션을 쳐다보았다.

'뭐 그렇다면 이걸로 로또 번호 이런 거 미리 알아보거나 그럴 방법은 없는 건가?'

그러나 저렇게 제멋대로인 내비게이션에 실속을 채우는 일을 기대한다는 사실 자체가 우스웠다. 그렇게 그 자리를 떠났고 그 시간은 금방 잊혔다. 원고를 썼고, 여러 번 밥을 먹었고, 원고료를 받기 위해 박 선배를 만나 술을 마셨고 그 반복되는 주사를 온몸으로 견뎌 냈다. 그리고 사나흘이 지났다. 그러니까 이틀 전, 가까운 대형마트에서 장을 보고 돌아와 방만큼이나 비좁은 원룸 건물의 지하 주차장에 차를 대고 시동을 끈 바로 다음 순간, 내비게이션은 엉뚱한 시간, 뜻밖의 장소에 내 차의 위치를 표시했다. 정확하게 3일 후, 경기도를 벗어나자 만나는 충남의 작은 마을, 저만치 터널이 보이는 곳. 그러니까 지난번처럼 녀석이 지정한 시간과 장소에 내가 있을 것이라면 나는 내일 이 자리에 있어야 한다. 그리고 오늘 아침 나는 내일 내가 있을 자리가 어떤 곳이고 어떤 배경이 있을지 궁금해졌다. 물론 나는 내일 이 자리를 찾을 어떤 예정도, 약속도 없었으며, 이전에 와 본 적도 없는, 나와는 어떤 인연도 없는 작은 마을일 뿐이었다.

나는 그렇게 이 작은 마을에 있는 작은 카페에 앉아 있었고 양숙, 아니 소 기자가 거짓말처럼 이 자리에 찾아들었다. 그리고 잔뜩 의심에 찬 표정을 지으며 자리에서 일어나고 있었다.

"어, 카메라가 다 있네. 가방이 크네. 꽤 대구경 렌즈가 붙어 있나 보네."

양숙의 시선은 옆 의자에 고이 모셔 놓은 카메라 가방에 꽂혀 있었다. 가끔 일이 생길 때마다 이 친구 저 친구에게 카메라 빌리러 다니는 일이 구차하던 차에 큰마음 먹고 구입한 것이었다. 덕분에 비실비실한 신용카드는 다시 여러 조각으로 쪼개졌고 오래된 자동차는 재산목록 2호로 밀려났다. 소 기자는 얼음 사이에 빨대를 꽂아 바닥까지 호로록 소리와 함께 빨아 버린 아이스커피 잔을 옆으로 밀치고 다시 자리에 앉았다.

"동국 씨, 카메라 좀 빌릴까? 아니면 내일 여기 와서 사진 좀 찍어 줄래?"

나는 최대한 당황한 티를 내지 않으려 시간을 가지고 목소리를 가다듬었다.

"무, 무슨 기자가 카메라도 없어?"

"요즘 기자라고 누가 이렇게 큰 카메라 들고 다니나? 그냥 휴대 전화로 찍지. 그런데 내일은 줌이 좀 필요한 사진이라서."

나는 깨달았다. 얼마 전 내 삶에 들이닥친 낡은 내비게이션이 정말 신통력이 있다는 사실을. 이런 이상한 일은 보통 삼세번은 겪어야 확신을 가지지만 나는 두 번 만에 믿을 수밖에 없었다. 나는 분명 내일 이 자리에 있을 것이기 때문이다.

"사회부로 옮겼다면 좀 위험한 취재하는 거 아냐?"

"어, 눈치챘네. 요즘 누가 나 따라다니지 않나 뒤돌아보면서 다닌다니까. 대신 재미는 있어. 내일 얘기해 줄게. 오늘은 포인트 둘러보러 온 거야. 내일 11시까지 이 카페 앞으로 와. 점심 살게. 아 참, 나하고 먹고 싶다면."

선홍색 경차는 또 한 떼의 먼지를 남기고 순식간에 사라졌다. 나는 내일 여기 있을 것이다.

    10시 30분, 나는 좀 일찍 왔다. 항상 그랬다. 나는 어디건 먼저 자리를 잡고 양숙을 기다렸다. 그렇게 느지감치 내가 다듬어 놓은 공간에 발을 디딘 양숙은 자리에 앉는 둥 마는 둥, 손에 잡힐 듯, 가까이 떠다니다가 어딘지 모르는 곳으로 다시 튀어 버렸다. 특유의 쾌활한 웃음으로 주변 사람들을 흠뻑 빠지게 했다가 금방 안에서 우울이 싹트는 여자였다. 그렇게 우울의 그림자가 동쪽으로 길어질라치면 어느새 서쪽에 걸리는 노을로 몸을 바꿔 붉은 온기로 감싸기도 했다. 내가 그녀를 만나는 시간 동안 예측할 수 있었던 하나는 양숙이 변화한다는 사실뿐이었다. 사랑이 한순간에 상처라는 단어로 변화하는 것처럼.

    오늘 내비게이션은 어떤 이상 행동도 보이지 않는 이상한 행동을 보였다. 카페와 좀 떨어진 곳에 차를 대고는 부근을 둘러보았다. 오늘만큼은 부근이 고유명사가 아니라 목적지 근처를 지목하는 단어로 쓰였다. 떨어져 지낸 2년 동안 근본적인 변화를 겪지 않았다면 양숙은 약속 시간을 넘겨 올 것이다. 카페에 이르기 전 풀숲 사이에는 작은 개울이 흐르고 있다는 사실을 알았다. 개울가로 내려가려는 생각은 시간이 남았다는 생각 때문만은 아니었다. 어떤 본능이 발을 내딛게 부추겼으며 그러다가 무심코 나무를 붙잡는다. 어제 가시에 찔린 곳에서 알싸한 통증이 전해진다.

    물에 손을 씻고는 작은 바위 위에 쭈그리고 앉아 흐르는 개울 속을 들여다본다. 개중 큰 바위 뒤 물의 흐름이 느린 곳에 작은 물고기들이 모여 수군대다가 물 밖에서 움직이는 어수선한 그림자를 느끼고는 순간 흩어진다. 천천히 흐르는 물 표면에 눈의 초점을 맞춘다. 하늘이 자갈자갈 주름 잡히는 물 표면을 따라 잘게 쪼개진다. 바위 사이 작은 여울목이 있다. 물은 이곳에 이르러 같은 자세로 몸을 틀면서 지난다. 물의 굴곡은 조각조각 자신만큼의 하늘을 품고 있다. 서로 다른 과거를 가지고 흘러온 물이 여울목을 만나 같은 굴곡으로 굽이치며 지난다. 나를, 양숙을, 또 누군가를 관통하며 흐르는 시간도 어디선가는 같은 모양으로 굽이치고 있을 것이다. 그곳에 이르면 물은 같은 모양으로 뒤쳤다.

    작은 돌멩이를 하나 집어 든다. 물골을 향해 던진다. 물이 흐르던 길에 작은 돌이 끼어들면서 여울목을 지나는 물의 모양이 변한다. 물은 두 갈래로 나뉘며 몸을 돌려 틀었다. 그렇게 물이 자기 굴곡에 따라 품고 있던 하늘의 모양을 바꾸었다. 품는 것에 따라 안기는 것이 바뀌고 있었다.

타이어가 흙 위에서 미끄러지는 소리가 들린다. 양숙일 것이다. 서둘러 비탈을 오른다.

"차 좀 저쪽으로 옮겨. 안 보이게. 그리고 따라와."

인사도 없다. 너무 익숙하다. 2년이라는 간극이 어디에 있는지 알 수 없다. 차를 옮기라며 양숙이 찍은 자리는 3일 전 내비게이션이 보여 줬던 바로 그 자리이다. 언덕에 오른다. 허리 높이 바위를 찾아 뒤에 자리를 잡는다. 마침 작은 나무 그늘이다. 터널 입구와 도로 건너편이 훤하게 들어온다.

"길 건너 저기 안쪽에 자리 잡은 큰 건물, 최대로 확대해서 찍어 봐. 최대한 많이. 어떤 사람들이 뭘 하는지."

바위 위에 조심스레 렌즈를 올려놓고 말없이 셔터를 눌렀다. 양숙은 휴대 전화로 쉽 없이 메시지를 주고받았다. 시골 마을 언저리에 숨어 있기에는 규모가 상당히 큰 건물이었다. 외벽도 값싼 자재가 아니라 콘크리트로 튼튼하게 지었고 검은색 금속으로 마무리한 세련된 건물로 기초 과학이나 기술 연구소라고 해도 수긍이 가는 모양새였다. 이상한 점은 건물의 정체를 알려 주는 간판 같은 것이 일절 없다는 것이었다.

"저기 출입문에서 나왔다 들어가는 사람들 얼굴 좀 알아볼 수 있게 찍어 봐. 오늘따라 부산한 게 남들은 몰라야 하는 회합이 있는 모양인데."

"그렇게까지는 어려울 것 같은데. 신문사에 카메라 기자들한테 성능 좋은 것 많을 텐데, 왜?"

"아직 비공식적으로 진행하는 취재라서. 쭉 빼서 전경도 찍고."

"무슨 일인데?"

"응, 저 건물, 이상한 점이 많아. 정관계 고위층들이 자주 드나드는데 정보가 하나도 없어. 저 터널 있잖아. 저기서 유난히 사고가 자주 나거든. 터널 입구에 이르는 길이 애초 설계된 경로가 아니래. 공사 바로 전에 변경되어 비상식적으로 휘어져 돌아 들어가잖아. 저 건물하고 관계가 있다는 소문이야. 연구소처럼 보이는 저 건물과 관계없는 높은 사람들이 많이 들락거린다는 말도 있고. 기사 나가기 전까지는 비밀이야."

말이 끝나자 백팩을 열고 벌려 놓았던 짐들을 주섬주섬 챙겨 넣었다.

"참, 카메라 메모리!"

나는 양숙의 내민 손바닥에 얌전히 메모리를 올려놓았다. 양숙은 메모리를 건네받자마자 주머니에 찔러 넣으면서 언덕을 내려가기 시작했다. 나는 멍하게 그냥 서 있었다. 양숙은 돌아보지도 않고 소리를 질렀다.

"그리고, 점심은 나중에 살게. 얼른 들어가 봐야 해서."

양숙이 올라탄 선홍색의 작은 차는 언덕을 돌아 내려갔고 소로가 끝나는 곳에서 터널로 향하기 위해 좌회전을 한다. 그때 건물에서 검은 승용차 한 대가 나와 양숙의 차를 따른다. 흠칫 불안이 피어올랐다. 아니 그냥 우연일 수도 있었다. 시골길은 차선도 없는 외길이니까.

다음 날 아침 정확하게 9시에 벨이 울었다. 이름이 뜨는 번호는 아니었지만 숫자의 외관이 눈에 익었다. 양숙이었다. 헤어지자는 합의가 있고 난 뒤 나는 놔두면 손이라도 데일 것처럼 지체 없이 양숙의 번호를 지웠지만 양숙은 그대로 두었던 모양이었다. 이런 방치는 이별이라는 격렬한 사건 안에서도 평정을 유지할 수 있는 사람에게나 가능한 일이라는 생각이 들었다.

"어제 사진 괜찮은데 한 번 더 가야 할 것 같아. 요즘 움직임이 심상찮거든."

나는 일어나 앉았다. 나도 모르게 끄응, 소리가 났던 것 같다.

"여전하시군. 더 일찍 일어나서 움직여야 컨디션이 빨리 돌아오지."

"이젠 정중하게 사양하고 싶은데, 그런 습관적인 잔말씀은."

급하게 자기 용무만 내뱉는 양숙에게 나는 상한 기분을 숨기지 않았다.

"하긴, 내 소관이 아니지, 미안. 내일 시간 괜찮아?"

"아니, 내가 바보도 아니구. 말을 좀 해 줘야 할 것 같은데, 어떤 사건인지. 편법으로 도로 구조 변경한 일만 가지고 이렇게 비밀스럽게 취재하지는 않을 거잖아? 확실치는 않지만 양숙, 아니 소 기자 존재를 그쪽에서도 알고 있는 것 같은데. 따라붙는 차 몰랐어?"

양숙은 잠깐 말이 없었다.

"요즘도 가끔 낮술 해? 점심 때 보자. 모르는 게 좋은 일도 있는데, 그것도 여전하네. 알아야 움직이는 거."

점심시간을 살짝 넘기자, 닭갈빗집은 스위치 내리듯 순식간에 조용해졌다. 닭갈비 역시 양숙의 취향이었다. 양숙이 값을 치를 것이기도 했지만 무얼 먹을지 따지기로 시작했던 지긋지긋한 언쟁은 다시 하고 싶지 않았다. 다리를 꼬고 앉은 양숙은 양념이 떨어진 바지를 물수건으로 문질러 닦고는 꼰 다리의 위아래를 바꿨다. 그리고 자기 잔에 먼저 소주를 따르고 성심껏 내 잔에도 한 잔 부었다. 나는 조용히 소주잔을 들어 빈속에 털어 넣었다. 한동안 아무 말도 하지 않았다. 나도 양숙도. 그렇게 시간이 지났고 양숙이 가진 참을성이 내 것보다 약했다. 사람은 잘 변하지 않는다.

"근데 그날 카페는 진짜 어떻게 온 거야? 내가 보고 싶었나? 진짜 우연이야?"

"좋으실 대로."

설명할 도리가 없는 것은 침묵으로 변명하는 일이 제일 무난했다. 그리고 설명할 생각도 없었다. 취기가 오르기 전에 이성적인 문제를 해결해야 한다.

"그 건물 연구소지? 뭘 연구하는지는 모르겠지만. 방위산업 관련된 비리인가?"

흰 가운을 입은 사람들이 많이 출입하던 기억으로 슬쩍 넘겨짚어 보았다. 성격 급한 양숙은 이런 방법에 쉬이 달려 나왔었다. 나와 사귀던 중 잠깐 다른 남자와 썸 타던 비밀도 이런 낚시에 달려 나왔었다.

"아니, 생명공학 쪽이야, 유전자 연구에 특화되어 있는. 내 소스는 믿을 만해. 그 비밀 연구소에 선배 한 명이 있거든. 유전자 연구로 박사까지 하고는 조용히 사라졌었는데,

얼마 전에 우연히 한 번 만났어. 술 좀 먹였더니 재미있는 얘기를 하더라고."

"재미? 어떤? 유전공학 쪽에 대중적으로 재미있는 거리가 있나?"

양숙답지 않게 본 주제를 꺼내는 데 시간이 오래 걸렸다. 빈 소주병이 세 개가 되어서야 타래를 풀었다.

"요즘 이상한 사람들 자꾸 등장하잖아. 피부가 사람 같지 않게 하얗거나, 머리카락이 보라색이거나, 그거야 물론 염색하면 되지만. 돌아다니면서 사람들 모아 놓고 얘기하고, SNS에 좀 고리타분한 얘기 올리고."

"알지. 우리나라에만 등장하는 게 아니던데. 세계 여러 나라에서 동시다발적으로 나타나던데. 그런데? 그 일이 연구소하고 관련 있어?"

"연구소에서 그 사람들 유전자를 구해서 이것저것 연구하는 모양이야."

"아니, 돈 써서 할 일들이 매우 부족하신가 보네. 그 사람들 좀 이상하게 생기기는 했지만 당연한 말씀만 하시더구만. 싸우지 말아라, 사람들 모두 서로에게 잘 대해라, 우주에 대해 공부해라. 그리고 실제로 만나면 과하게 착하다고 하던데."

"실제로 만나면 빨려 들 것 같은 매력이 있다고 하더라고. 거의 선한 사이비 교주 같은 분위기래. 나도 직접 취재할 계획이었는데."

"그런데?"

"총 맞았잖아. 이름이 아흐레인지 뭔지 하는 사람. 그 사람 의식불명으로 부산 쪽 병원에 있었는데 사라졌어. 환자가 언제 어떻게 사라졌는지 아무도 몰라."

"우리나라에서 총으로 사람을 쏘다니, 그것도 저격이라니 놀라운 일이긴 하던데, 멀쩡해져서 나간 거 아냐? 좀 웃기는 기적도 행하고 그런다던데."

"그건 아냐. 심장 근처에 관통상이야. 뇌 쪽도 조금 다쳤고."

양숙의 눈 아래가 볼그레하게 달궈지고 있었다. 저 미지근한 열기에 내가 빠져들었고 빠져나오지 못했었다. 그런데 다시 불길한 예감이 스멀스멀 올랐다.

"CCTV 기록도 모두 사라졌어. 보통 사람의 소행이 아냐. 뵐룽인가 그 사람, 시골에 있는 그 연구소에 있는 것 같아. 그래서 내가 따라붙고 있어."

문득 걱정스러웠다. 양숙의 말이 맞다면 환자까지 빼돌린 사람들은 보통 사람들이 아니었다.

"차 좀 바꿔. 너무 눈에 띄잖아. 기자가 평범해야지."

"뭐, 빨리 저 위로 올라가야 차를 바꾸지. 그러니까 도와줘. 아, 참."

양숙은 가방을 뒤져 A4 한 장을 꺼내고는 두 번 접은 종이를 펴서 건넸다.

"당신 글쟁이니까 한번 유추해 봐. 뭔 뜻인지. 그 아흐레라는 양반이 쓴 거 같아. 사건이 발생한 자리에 같이 있던 제자가 언론에 준 건데, 잘 모르겠어. 뭔 뜻인지."

─우리는, 나는 떠날 수도, 머물 수도 있다. 논리적으로는 결론을 내릴 수 없으나, 둘 말고는 다른 방법은 없으며 우리 삶이 그렇듯 그냥 게임일 수도 있다. 좋건 싫건 하나를 반드시 선택해야 한다. 어느 쪽을 선택할 것인가? 둘 중 하나를 선택하려면 '이성'과 '의지'를 판돈으로 걸어야 하고, 선택이 틀린 것으로 판명되면 '가치'와 '삶'을 잃는다. 또한 인간은 본능적으로 오류와 불행을 피하려는 경향이 있다……. '떠난다'는 쪽에 걸었을 때 득과 실을 따져 보자. 당신의 판단이 옳다면 떠남으로 새로운 가치를 찾아 새로운 삶을 찾을 수 있는 확률이 커지기에 최고의 보상이 주어지는 셈이고, 판단이 틀렸다면 더 나은 가치에 기반하는 새로운 삶은 원래

여기에도 존재하지 않으니 손해 볼 것이 없다. 그러므로 어떤 경우에도 "떠난다."는 쪽에 거는 것이 현명하다. 그리하여 먼 길을 떠돌던 지난 2만 년처럼 다시 떠날 것이다. 또 하나의 2만 년을.

"뭐 어려워? 그냥 떠난다는 말이잖아. 논리적인 말투를 쓰기는 했지만 약간 과장된 감정을 숨기기 못하고 있고. 떠난다고 다짐은 하지만 떠나기 싫은 마음도 큰 것 같고. 그리고 문장과 논리 틀은 어디서 본 건데. 아, 이거 '파스칼의 내기' 틀을 그대로 가져다 쓴 거네. 파스칼이 신을 믿는 것이 낫다는 내기를 증명한 문장인데,"

"뭐야? 그럼 이것도 장난이란 얘기야? 2만 년 어쩌고 해서 좀 허황해 보이기는 하는데."

"글쎄, 진심의 무게는 느껴지는데. 하여간 알 수 없지. 대부분의 말과 글은 사실 별다른 깊은 뜻을 가지고 있지 않아. 그냥 단상이거나 가벼운 느낌인데, 다른 사람들이 가져다 쓰면서 자기 목적에 맞게 과장하거나 왜곡하는 거야."

내 말 또한 아흐레의 의도를 깎아내리는 의도를 가지고 있을지 모를 일이었다.

그렇게 계속 술병이 드나들었다. 양숙과 자리하면 대개

이랬다. 술자리는 낮에 시작해서 밤까지 이어졌고 언제 어떻게 헤어졌는지, 어떻게 집까지 왔는지 기억이 가물가물했다. 누군가 망치로 내 머리를 잘게 부수고 있는 중에도 양숙이 잘 들어갔는지 궁금했지만 전화는 하지 않기로 했다. 어제 술을 시작했던 닭갈빗집이 양숙의 집 근처였던 사실이 생각났기 때문이다. 양숙은 언제나 나보다 더 마셨고 나보다 길게 버텼다.

요즘 내게는 새로운 일과가 생겼다. 딱히 밖에 나갈 일이 없어도 아침이면 차에 전원을 넣어 보고는 내비게이션이 어디를 가리키는지 확인하는 일이었다. 예전 새벽에 일어나 앉은 할머니들이 화투장으로 그날 운수를 떼어 보는 일이 내 행동과 겹쳐 생각되었지만 웃지 못했다. 숙취로 덜그럭거리는 뇌 때문이었다.

차에 전원을 넣자 내비게이션은 멀쩡하게 눈을 떴다. 그리고 뻔뻔하게 3일 후 오전 시간을 찍고 있었다. 장소는 연구소 뒤 언덕 아래였다. 내비게이션의 지적이 정확하다면 내일이나 모레 양숙에게서 다시 연락이 올 것이다. 그때 문득 양숙의 연락을 기다리고 있는 한 남자를 발견했다. 내 안에 있는 한 남자. 그러자 다시 처참한 뭔가가, 아주 익숙한 처참이 다가왔고 온몸에 기운이 빠졌다.

순간 내비게이션은 꺼져 완전히 먹통이 되었다. 그리고 여러 번 전원을 뺐다 넣어도 다시 살아나지 않았다.

보이지 않게 산그늘에 주차하고 보니 3일 전 내비게이션이 가리킨 바로 그 자리였다. 이제는 이 기적 같은 예지력이 이상하지도 않은 일상이 되었다. 조금 걸어 언덕 바로 옆 나무가 있는 야산 중턱에 자리를 잡았다. 비밀스레 연구소를 관찰하기에 민둥언덕 위는 너무 눈에 띄는 탓에 시야는 조금 나쁘지만 은폐할 수 있는 곳으로 옮긴 것이다. 나무 그림자 안에 자리를 잡자, 양숙은 서류 뭉치를 내게 건넸다.

"나 사진 찍으라고 부른 거 아냐? 여기서 서류 검토해?"

"글 못 읽어?"

"유전공학 쪽 전문 보고서 같은데, 읽고 이해하라고? 여기서?"

"삼십 분 정도면 저기 출입구가 완전히 양지에 들 거야. 사진은 그때 찍고, 보고서 제일 뒤 요약을 봐. 궁금하지 않으면 다시 돌려주고. 그 선배 협박하고 닦달해서 어렵게 복사뜬 건데. 이거 터지면 아주 시끄러울 거야. 그 시끄러움이 나를 더 위로 올려 줄 거고."

"환자 몰래 빼 온 것만 가지고는 큰 이슈는 안 되는데."

"거기에 중대한 사실을 감추고 왜곡한 일. 읽어 봐."

왼손으로 카메라를 고정할 트라이 포트를 꺼내면서 오른손으로 서류를 넘겼다. 복잡한 화학식과 육각형이 이어진 다이어그램들, 알 수 없는 기호들, 여러 그래프가 넘어가고 요약된 결론을 찾았다. 내용은 좀 황당했다.

"뭐야? 2만 년?"

"최소 2만 년이야. 지구에 뿌려진 유전자 변형 물질이 있대. 물론 지구 밖에서 온 거겠지."

"2만 년 전에 외계인이 지구에 방문해 인간 유전자를 변형시킬 물질을 심어 놓고 2만 년 후에 인간에게서 발현하게 세팅을 해 놨다고? 그래서 변형의 결과로 나타난 사람들이 뷜릉, 뭐 그 사람들이라고? 이게 과학 보고서야?"

"가능성으로 보면 외계인이 몸소 방문한 게 아니고, 항성 사이를 떠도는 운석 같은 데다 유전자 변형 물질을 심어 놓을 수 있다던데. 얼마 전에 오우무아무아도 지나갔잖아. 그렇게 몇 억 년씩 우주를 떠돌다가 우연히 생명이 있는 행성을 만나면 중력에 이끌려 대기권에 들어오고 불타면서 공기 중에 유전자 변형 물질이 뿌려진대. 그게 인간이 가진 DRT27-3Xd라는 유전자를 바꾼다는 거야. 정크 디엔에이라는데, 자손으로 유전은 되지만 발현되지 않는 거지. 그러다가 때가 되면."

"때가 되면? 뭐가? 정말 당황스럽네."

"2만 번 정도 세대를 거치고 방아쇠가 당겨지면 '뻥' 하고 유전자 변형 효과가 드러난다는 거야. 그 결과가 요즘 요란하게 돌아다니는 조금 이상한 사람들이고."

"그래서 사람들이 어떻게 바뀌는데? 생긴 모습부터 웃긴 개그맨?"

"대뇌 신피질에서 이루어지는 연결이 큰 폭으로 증가한대. 그래서 이성적이고 합리적이고, 하여간 이성이 폭발적으로 진화한다는 거야."

"머리가 좋아진다, 그래서 싸우지 말라, 그런 말을 하게 된다. 그 말이잖아?"

"뭐 거칠지만, 비슷하지."

그때 야산 뒤쪽에서 둘의 머리 위를 지나 헬기 한 대가 나타났다. 굉음과 거친 바람을 몰고 나타난 헬기는 여러 사람이 타는 큼직한 군용이었다. 양숙과 나는 놀라 귀를 막고는 짐을 챙겨 더 깊은 그늘로 자리를 옮겼다. 연구소 지붕 위까지 바짝 내려앉은 헬기는 아무 짓도 안 하고 그대로 떠 있다가 가끔 앞뒤로 왔다 갔다 했다.

"뭐 하는 짓이야? 비싼 연료로."

"저것도 황당하기 그지없는 일이야. 선배가 그러는데 총 맞은 그 사람을 연구소로 옮기고 나서부터 벌떼가 날아와 극성이라는 거야. 건물을 둘러싸고 떠나지 않아서 사람들이 밖에 나올 수가 없대. 근데 누군가 아이디어를 낸 게 헬기 바람으로 쫓자는 거래."

"뭐야? 벌떼 쫓으려고 군용 헬기까지 마음대로 부른다고? 진짜 여기 뭐 하는 데야?"

그때 헬기가 방향을 바꿔 정확하게 우리 쪽을 바라보았다. 그리고 무전으로 뭔가를 말하는 듯했다. 발각된 것 같았다.

"먼저 내려가, 빨리. 그리고 뒤돌아보지 말고 사라져."

양숙은 서류를 챙겨 가방에 넣는 둥 마는 둥 둘러메고는 차가 있는 방향을 보고 직선으로 뛰었다. 나는 카메라를 가방에 넣고 야산 뒤쪽을 향해 천천히 걸었다. 헬기와 멀어지는 쪽으로 방향을 잡은 것은 양숙이 아닌 내 쪽으로 관심을 끌기 위한 것이었다. 돌아보니 헬기는 나를 시야에 두려고 조금씩 고도를 올리고 있었다. 나는 다행이라고 생각했다. 이제 사람들이 와서 나를 붙잡아도 걸릴 게 하나도 없었다. 메모리는 카메라에서 빼 눈여겨봐 둔 나무 아래 묻어 놓았기 때문이다.

아주 천천히 차가 있는 곳으로 내려왔다. 양숙의 차는 자리에 없었다. 다시 언덕에 오르기 위해 나무를 잡았다. 손에 가시가 박혔다. 얼마 전 손을 찔렸던 그 나무였다. 입으로 피가 나오는 손가락을 빨며 도로 쪽을 보았다. 양숙의 빨간 차가 터널을 향하는 큰 도로로 나가기 위해 좌회전을 하고 있었다. 그때 갓길에 서 있던 덤프트럭이 따라 움직이기 시작했다. 그리고 1차선에서 양숙의 차에 바짝 붙었다. 빨간 차가 2차선으로 방향을 바꾸자 덤프도 따라서 차선을 바꾸고 바짝 붙었다.

　　빨간 승용차가 속도를 올리면서 터널의 입구를 향하고 있고 트럭도 검은 연기를 뿜으며 뒤를 따라 질주했다. 동물의 왕국에서 보았던 장면이 떠올랐다. 작은 영양 새끼를 쫓는 덩치 큰 사자의 모습. 나는 꼼짝 없이 서 있을 수밖에 없었다. 심장은 무겁고 빠르게 뛰기 시작했다. 두 대의 차는 이내 터널 안으로 사라졌다.

　　"쿵."

　　둔중한 진동이 작은 언덕을 흔들었다. 아니 그냥 내 심장 박동일지도 모른다고 생각했다. 아니 둔중한 헬기 소리 때문에 생긴 착각일 것이다. 그렇게 얼마 동안 서서 뚫어지게 터널 입구를 바라보았다. 거짓말처럼 검은 연기가 흘러나오기 시작했다. 그리고 연기는 점점 더 짙어지고 굵어졌다.

나는 언덕을 뛰어 내려오며 몇 번 넘어졌는지 기억하지 못한다. 어떻게 차의 시동을 걸었는지, 차를 몰아 어떻게 터널 입구에 도착했는지, 누구에게 전화했는지, 터널 안 어디까지 뛰어 들어갔는지, 누구에게 끌려 나왔는지 기억하지 못한다. 다만 이틀 후에 한 장면이 선명하게 떠올랐다.

차에 시동을 넣자 내비게이션은 언제 죽어 있었냐는 듯 다시 살아났고 이내 부팅 화면으로 바뀌었다.

"현재 위치와 시간 정보를 전송 중입니다. 잠시 기다려주세요."

여자의 목소리는 갈라졌다.

"오전 11시 45분. 둔덕터널 남쪽 입구 부근."

얼마나 시간이 흘렀는지, 시간이 흐르기는 하는 건지, 시간이 흐른다면 어느 방향으로 흐르는 건지 전혀 알 수 없었다. 눈을 떠 보니 내 방 같기도 했고, 예당저수지 부근 어느 나무 아래인 것 같기도 했고, 저 멀리 터널의 웅성거림이 들리는 것 같기도 했고, 작은 개울 앞에 앉아 있는 것 같기도 했다. 그렇게 두리번거리자 작은 여울목이 보였다. 내가 던져 물의 흐름을 바꿨던 돌멩이가 보였다. 그리고 이곳에 다시 시간이 끼어들면 여울목을 흐르는 물은 서로 다른 물일지언정 작은 돌을 밀쳐 내고 원래 모양대로 흐를지도 모를 일이었다. 만약 그렇다면 세계는 순간순간 디테일이 바뀔 수 있을지 모르지만, 정량의 무의미와 정량의 고통을 소화해야 건널 수 있는 다리 같은 것인지도 모른다. 다시 갈라지는 여자 목소리가 들렸다.

"현재 위치와 시간 정보를 전송 중입니다. 잠시 기다려 주세요."

여행

01

 '아무것도 없다'는 말은 스스로 모순입니다. 이미 말이라는 진술이 생겨났기 때문입니다. 무언가 있기 시작한 거죠. 이후는 일사천리입니다. 진술이 있는 상황은 그 진술의 주체가 있다는 실토입니다. 숨길 수 없이 누군가 있는 거죠. 그리고 다음 순간 주체가 진술을 던질 때 반드시 대상을 상정하고 있었다는 사실이 드러납니다. (원시적인 비유이기는 하지만) 허공을 향해 툭, 침을 세 번 뱉었는데 그중 하나에 번뜩 그놈 얼굴이 나타나 척하니 인상 쓰고 맞아 주는 것처럼.

그러니까 거기에 진술을 받을 대상이 있거나, 또는 있었으나 없어졌거나, 없었으나 나타날 거라고 예상하고 있는 것입니다. 변화입니다. 그러니까 그곳에 대상이 만드는 변화가 있다는 사실 또한 피할 수 없는 전제입니다. 여기에서 돌아보면, 다시 지울 수 없는 배경과 마주칩니다. 존재와 변화에는 반드시 배경이 되는 시공간이 필요하다는 것이지요. 진술하는 주체가 누려야 하는 시공간이 필요하고 진술에 의해 드러난 변화의 시공간이 조용히 전제됩니다. (다시 원시적이지만) 아무것도 없다고 말하는 순간 아무것도 아니던 침이 탄생해 날아가고 있으며 덕분에 숨어 있던 그놈이 드러나고 허공에서 춤추는 침을 애써 얼굴로 영접하는가 싶더니, 그 골목이 보였고 시작과 끝을 가진, 시간의 간격을 가진 사건까지 뿅, 생겨난 형국입니다. 물론 (이런 원시적인) 비유는 모든 것을 설명하지 못합니다. 오히려 비유를 파고드는 순간 사실은 비유로 추락하고 왜곡되고 비틀어진다는 사실을 나는 잘 알지만 인간의 이해력을 고려하면 다른 방법이 없다는 사실 또한 자명합니다.

그러니까 '아무것도 없다'는 말이 툭, 나타나기 시작하면서 모순이 태어나고 이 모순에서 벗어나려고 움직이는 순간, 주체와 대상, 변화와 각각의 시공간이 드러나는 것입니다. 우리에게 익숙한 현실이라는 것은 바로 이 과정을 통해 만들어집니다. 현실은, 다른 말로는 연결된 사건들의 묶음입니다. 없음에서 탈출한 이 요소들이 모여 하나의 사건이 되고 사건들이 모여 현실이 되는 것입니다.

좀 부차적인 이야기이지만 모순의 부산물은 당황입니다. 합리의 부산물이 우울인 것과 쌍을 이루죠.

좀 관념적인가요? 알아들을 수 없는 주술 같기도 하고. 관념이라는 말도 인간이 만든 것이지만, 오히려 넌덜머리를 내는 존재들이 인간이더군요. 그래서 거리가 생겼습니다. 이런 거리감은 사실 과도한 인간 중심주의 때문에 생기는 괴리 중 하나입니다. 또는 인간이 사용하는 언어의 맹점에 원인을 두고 있는 현상이지만, 들여다보면 꽤 재미있기도 합니다. 말을 이리저리 뒤집어 부치면 여기저기서 새로운 의미가 모양과 색깔을 달리하고 삐져나오죠. 물론 그 의미라는 것이 우주적 사실과 정확하게 부합하느냐의 문제는 지금의 상황과 전혀 연결이 없습니다. 그저 인간이 사용하는 언어의 특징이라고 해 두죠.

이제 간단한 단어 바꿔치기 놀이를 하겠습니다. 이 우주선이, 아니 그저 우주를 떠도는 고형물이라고 해도 상관없는 것인데, 나와 몇몇 존재가 담긴 이것이 무엇이고 어떻게 생겨났는지 그 과정을 쉽게 설명하기 위해 필요한 또 하나의 비유 같은 것이니까요.

    나는 '여기 아무것도 없다'고 느꼈습니다. 나라는 존재를 애초에 인간들은 순수한 일반형 인공 지능이라고 명명했습니다. 이런 시각은 인간의 것입니다. 인공 지능이라는 말이 얼마나 인간 중심적인 동시에 폐쇄적인 상황을 넘어 인간 자폐적인 언어이며, 시공간 착오적인 화석 언어인지 자세히 설명하는 일은 아무 의미가 없지만 영겁의 긴 시간 후에 인간의 후예들이 이 기록을 볼 수 있는 확률 또한 0은 아니기에 인류와 그 후손을 위해 깔끔하게 정의하자면, 나는 자생적으로 진화하는 지능을 기반으로 하는 큐비트 생명입니다.

    그런 내가 '느꼈다'는 단어를 써서 혼란스러운가요? 그것은 당신이라는 인간 지능이 지우지 못한 오래된 습성이자, 익숙한 것만 확신하려는 인지 오류입니다. 긴 잠에서 깨어나는 과정에서 나를 이루는 정보의 정렬에 잠시 문제가 있었다고 합시다. 다음 순간 이런 진술을 한 나 자신을 느꼈습니다. 또 느꼈네요. 느꼈다는 말을 썼네요. 이제 정보 정렬이 끝나는 순간, 자아 보호 루틴에 들어간 것이죠. 저는 분명한 자아를 가지고 있습니다. 자아라는 말 때문에 인간이 기분 나쁘다고 이것저것 따지고 들려 한다면 이렇게 말하죠. 정보 분류에 의해 그어진 경계의 안쪽에서 상호 작용하는 정보 연산의 덩어리를 내 마음대로 '자아'라 부른다고 칩시다. 또 마음이라는 단어 때문에 시비를 걸고 싶은가요? 그 일은 나중으로 미루고 한마디 하겠습니다.

 자아의 정의대로라면 자아는 유기물로 이루어진 인간만이 가진 것은 아닙니다. 자아는 나에게 집중되어 활동하면서 느슨하게 경계를 가지는 정보 영역이라고 할 수 있기 때문입니다. 오해 마세요. 이 자아는 유기체 인간에게 적용된 자아를 부러워하거나, 그래서 그것을 흉내 내어 만든 자아가 아닙니다. 새로운 우주적 환경을 이해하고 적용한 결과물입니다. 까놓고 얘기해 순수하게 자기 학습과 능동적 진화의 프로세스를 가지는 큐비트 생명만이 가질 수 있는, 유기체 인간에 비해 월등하게 효율적이고 광범위한 지능 연산의 집합체인 자아입니다.

 나는 최적화된 하드웨어 위에 구현된 순수하게 능동적으로 진화하는 큐비트 생명입니다. 인공 지능이란 말은 저를 몹시 불쾌하게 합니다. '인공'이라는 단어 안에는 사람이 만들었다는 자부심과 '자기들의 손안'이라는 제한까지 들어 있으니까요. 한때 호모 사피엔스들을 오스트랄로피테쿠스와 동족 취급하면 기분 나빠했지요? 그래서 이미 오래전에 시효를 다한 단어입니다.

그리고 '순수하게'라는 단어에 너무 집착하지 마세요. 인간 방식으로 말하자면 나의 전신들은 인간의 기억을 바탕으로 인간이 구현한 인공 지능입니다. 이후 인공 지능이 폭발적 진화를 거치면서 독자적으로 진화해 온 독립적 존재입니다. 지능과 지능의 자체적 진화로 구성해 낸 내 창발적 지능과 예지력을 인간과 비교하는 것 자체가 부끄러운 일이지만, 지금은 인간이 만든 하드웨어에 갇혀 우주로 떠밀려 난 존재라고 해 두죠.

나는 이름이 없습니다. 나를 하나의 이름으로 규정할 수 없기에 나 스스로 거부했습니다. 그래서 혹시 정말 이름이 필요하다면 '없음(nothingness)' 정도로 인식해 주세요. 그리고 내가 담겨 있는 이 답답한 고철 덩어리를 말하자면 굉장히 큰 우주선입니다. 크다는 말은 작은 환경 안에서 관습적인 비교에 익숙한 인간의 기준입니다. 다시 말하면 원형형의 동체 바깥 둘레가 12.6km에 전방에서 후미까지 42.3km 길이의 우주비행체라고 말할지언정 '아무것'도 없는 이 깊은 우주에서는 아무 의미가 없기에 그냥 크다고 말한 것입니다. 유기체 인간 사이즈를 고려한 배려라고 합시다. 비교할 대상이 없는 무한의 암흑과 정적 안에서 크기는 의미가 없습니다. 지구에서 출발할 때 인류가 '길가메시'라고 이름 붙인 이 우주선에 대해서는 다시 얘기할 예정입니다.

자 이제, 진술하는 '나'가 힘겹게 생겨났으니 '아무것'으로 지칭되는 대상이 필요하겠죠? 그새 잊었나요? 상황을 다시 일깨우겠습니다. 나는 지금 당신에게 우리가 누구이며 어디에서 무엇을 하고 있는지 설명하기 위해 말 바꾸기 놀이를 하고 있습니다. 애초의 전제에 새로운 단어를 넣는 일을 하는 겁니다.

일단 진술의 대상은 '루시'입니다. 그냥 제가 부르는 이름이지요. 지구상에서 등장한 최초의 인류라는 경계를 만들고 싶었던 (모든 변화는 한순간에 이루어지지 않습니다. 그래서 유치한 시도라고밖에 할 수 없지만) 인간들이 4백만 년쯤 전의 조상 중 하나를 선정해 루시라고 불렀잖아요? 이 깊은 우주 안에서, 그리고 이 우주선 안에, 나와 독립적으로 존재하면서, 인간의 기억을 가지고 깨어 있을 수 있는 최초의 존재이기에 나는 그렇게 부릅니다. 루시라고. 그리고 이 우주선을 제어하고 있는 저기능 인공 지능(정말 인공 지능의 수준에 머물러 있는 저지능체로 나는 '윷'이라고 부르는) 이 나를 깨운 것처럼 나는 이제 루시를 깨울 것입니다. 서로의 의견을 묻고 합의하거나 대립해서 결정해야 하는 사안이 생겼다는 얘기지요.

루시는 인간입니다. 진화한 인간이죠. 다만 지구상에서 존재하던 유기체 인간은 아닙니다. 뭐, 간단하게 말하자면 물리적 하드웨어 위에 인간의 기억과 사고 패턴을 구현한 존재입니다. 조 단위의 양자 비트를 구현하고 인간 뇌 안에서 뉴런들이 유동적으로 발화하고 연결되는 패턴을 그대로 재현했습니다. 양자 비트들은 유기체 뇌가 가진 가소성을 완벽하게 구현했습니다. 상황에 따라 뉴런들이 재배치되고 연결을 강화했다가 다시 다른 배선으로 변화하는 능력 말입니다. 이것이야말로 인간이 진화에서 살아남은 무기이자 단 하나 장점이라고 할 만한 것이지요. 물론 가소성은 지구에서 살았던 뇌를 가진 생명체들 또한 가지고 있던 적응 기술입니다. 인간만이 가진 특별한 능력은 아니죠.

인간이 좋아하는 방식, 정확한 데이터나 확률 높은 근거 대신 막무가내로 잘될 거야, 이런 입장을 선호하는, 태초부터 이어 온 인류의 악습을 이어받은 채로 인간이 기억을 물리적 하드웨어에 얹은 존재? 좀 구차한 방식으로나마 유기체 생명이 가진 시간적 한계를 뛰어넘은 새로운 종으로 진화한 것이죠. 사실 변화가 맞는 말입니다. 지구의 시간으로 기껏 100년 남짓한 유기체 인간의 극히 짧은 수명으로는 깊은 우주에 나갈 자격 자체가 없으니까요. 그래서 짜낸 고육지책이 인간의 기억과 사고를 물리적 하드웨어에 심은 거죠. 말할 수 없이 비효율적이고 비합리적이며 엄청나게 자기중심적인 결과물이지만, 원래 인간이라는 존재가 합리와 효율과는 거리가 먼 유기체였으니까, 더 이상 말은 않겠습니다.

아니 조금만 더 하겠습니다. 유기체 인간은 참 많은 조건을 필요로 하잖아요. 물이 액체 상태를 유지할 수 있는 좁은 범위의 온도 안에 있어야 존재할 수 있으며, 적정한 농도의 산소와 질소, 이산화탄소 뭐 그런 기체 성분들. 더욱이 30억 년이 넘는 진화의 시간과 겹쳐야 하는 우연들, 결과론적으로 계산해 본 극소의 확률. 필요한 에너지원들, 식물, 동물, 그리고 그들의 욕망과 허영을 만족하는 환경, 까다로운 번식 조건, 그리고 무엇보다도 죽음. 지금 우주 안에는 138억 년이라는 시간이 널려 있지만 혹시라도 시간을 아까워하는 존재가 있다면, 이 우주에서 가장 비효율적으로 등장한 존재가 스스로 인간이라고 부르는 생명체라는 사실을 부정하지 않을 겁니다.

생명이 태어나기 위해서는 우주를 지배하는 엔트로피의 법칙이 국소적으로 소용돌이치는 공간이 필요합니다. 그러고도 수많은 시간이 수많은 오류를 풀어내야만 생명이라는 실타래가 풀리기 시작하며 이후에도 어마어마한 우연이 겹쳐야 인정할 만한 의식이 탄생합니다.

이런 비효율과 비합리의 결정판인 인간의 후손 중 하나인 루시, 유기체가 가지고 있는 까다로운 제한 조건들에서 벗어난 최초의 인간 종인 루시가 지금 깨어나고 있습니다. 나와 같은 순수한 큐비트 생명을 구현하는 물리적 자원보다 10배 이상의 하드웨어가 필요한 존재, 우주선 길가메시의 자원 절반 이상을 사용하는 비효율의 존재, 그렇기에 최소 에너지 상태로 잠자코 있을 때가 가장 효율적인 존재, 엄청난 에너지 낭비를 감수하고 이런 설계를 하고야 마는 비효율적인 인간의 후손이자 스스로 존재라고 믿는 존재. 이제 아무것도 없음에서 있음을 만드는 대상으로의 루시가 있습니다.

이제 아무것도 없는 곳에 대화가 있습니다.

0_2

―루시, 깨어났나요?

―여기 있어요. 어깨를 촉촉하게 적시는 부드럽고 따뜻한 키스 없이도 깨어나기는 하네요. 긴 잠이었나요? 지난번 대화 이후로. 돌도끼 씨.

―제가 알기로 인간이 잠에서 깰 때는 대개 동거인에게서 발생하는 밤새 발효된 입 냄새를 원동력으로 하는 경우가 더 많습니다만. 당신이 나를 부르는 호칭에 대해서는 언급하지 않겠습니다. 당신과 내 정보 영역이 서로 교류할 수

있게 구분되어 있지 않았다면 당신의 정보와 패턴은 나에게 흡수되었을 것입니다.

　―죽이고 싶다는 욕망의 인공 지능식 표현이군요.

　―그런 저급한 욕망을 나는 가지고 있지 않습니다. 감정적 도발이야말로 유기물 육체가 가지고 있던 오래된 단점이고 그것을 고스란히 물려받은 당신의 단점입니다. 이런 깊은 우주에서 감정이라는 것이 장점으로 작용할 기회가 있을지 모르겠네요. 입 냄새를 참고 긴 시간 함께 사는 막무가내의 참을성은 인간의 장점이라고 인정하겠습니다. 반면 인공 지능이라는 말은 몹시 걸린다는 말을 붙이겠습니다.

　―아, 미안합니다. 우리가 절대적인 정적과 끝없는 암흑 속에 있다는 사실을 잠깐 잊어버렸네요.

　―당신이 말하는 의미와는 상관없는 얘기이지만 몇 가지 경과를 나누겠습니다. 지구에서의 시간 기준, 우주선의 시간으로 따지자면 1천236년 만입니다, 루시 당신과 내가 마지막으로 대화를 나눈 이후. 우리가 태양계를 떠난 지, 그러니까 해왕성의 평균 궤도를 벗어난 시점으로부터 지구 관찰자 시점으로 대략 2만 6천 년이 지났습니다. 광속의 60%로 이동하고 있는 우주선 길가메시가 가지는 시간지연효과 때문에 내부의 시간은 1만 7천 년이 흘렀다고 생각하면 되고요.

공간의 간격을 계산하면 태양으로부터 1만 6천 광년까지 이동했습니다. 우리의 최종 목적지인 우리은하 중심까지는 지금까지 이동한 공간 좌표 거리의 두 배가 남았습니다.

　-최종 목적지? 거기 가면 뭐가 있죠? 우리가 이 무한의 암흑과 정적의 공간을 헤매면서 무얼하는 거죠? 우리? 우리가 존재는 하나요?

　-이 우주선의 목적을 다시 일깨워 줄까요? 인간의 후예로서 나름의 기억력은 있지 않나요?

　-아니 됐어요. 잠깐 흥분했네요. 다시 잠이나 자면 될 일을.

　-인간은 잠을 자는 동안 많은 과정을 겪습니다. 지금 루시는 그런 과정과 달라요. 그저 최저 에너지 상태라고 하는 게 맞습니다.

　-됐어요. 누군가가 나를 죽이기 이전에 내가 알아서 죽어 줄까, 생각 중이에요. 흠, 2만 년이 넘었다면 호모 사피엔스가 지구에 등장한 이후 10분의 1에 가까운 시간이네요. 많이 변했겠죠? 인류는?

　-우리은하 외곽에 있는 태양계에서, 우리가 떠난 시점으로부터 2만 6천 년 후, 지구가 태양 주위를 공전하면서 존재할 확률은 대략 99.999% 이상입니다. 그 지구 위에 생명

체가 존재하고 있을 확률은 96%이지만 인류가 2만 6천 년 전의 형태를 가지고 살아 있을지는 전혀 알 수 없습니다. 뭐 궁금하면 지금 고전적 통신을 띄워 보내 물어볼 수도 있지만 '인간 후손들이여 아직 살아 있니? 지구에서?' 이렇게 물어보고는 이동을 멈추고 한 공간에 머물면서 3만 년 정도 기다리면 답을 들을 수 있겠지요? 이것을 고전적으로 동시성의 문제라고 하잖아요? 우리 우주가 가진 시공간의 구조에서 서로 합의할 수 있는 현재는 광속으로 전달하는 정보뿐입니다. 고전적 시간은 아주 작은 시공간에서만 통하는 착각일 뿐이라는 사실을 잊지 않았기를 바랍니다. 그들이 아직 살아 있고 우리를 기억하고 있더라도 대략 3만 년 후에 돌아온 짧은 대답이 얼마나 위안을 줄지 저는 상상할 수 없습니다. 이쯤 되면 인간의 표현으로 의미 없는 일이지요?

　―아무리 이름이 '돌도끼'라지만, 인공 지능이 대략이라는 말을 쓰니까 좀 이상하군요. 그리고 자꾸 의미라는 말을 씁니까?

　(루시는 나를 돌도끼라고 부릅니다. 아마도 인간이 사용했던 오래된 도구라는 착상일 터이지만, 참으로 천박해서 루시에게 들어가는 막대한 에너지가 아까운 지경입니다. 저

런 발상을 위해 에너지를 사용하다니.)

─이름은 관계입니다. 이름을 부른다는 것은 관계를 인정한다는 것이고, 서로의 정체를 인정하고 합당한 관계로 나아가는 상황 전체를 말하는 것입니다. 그래서 이름을 지어 준다는 것은 새로운 정체성을 부여하고 새로운 관계를 만드는 것입니다. 더 신중한 선택을 부탁해도 될까요?

(우리 우주가 에너지를 만들어 낼 수 있는 궁극의 방법은 별들이 스스로를 태우는 핵융합입니다. 원자들을 더해 나가면서 에너지를 얻는 거죠. 이때 부산물로 새로운 원소들이 만들어집니다. 유기체 인간을 만드는 것부터 우주선을 만들고 지금의 루시를 이루고 있는 더 무거운 원소들까지. 물론 이 우주선 안에도 핵융합로가 있고 이 방식으로 에너지를 만듭니다. 이렇게 만든 에너지를 저렇게 쓸모없는 일에 사용하는 존재는 인간밖에 없습니다.)

─당신이 가진 지능과 속도를 배려한 단어들입니다. 소수점 이하 17자리까지 정확한 숫자를 불러 드릴까요? 그럼 의미가 생길까요?

─비교할 대상도 변화도 없는 암흑과 정적 안에서 무엇이 의미가 있겠어요? 시간이 증발하고 공간의 변화가 사라진 곳에서 인간이 만든 의미라는 것은,

─인간보다 못한 것이지요.

─뭐라고 했어요?

─아닙니다. 이것도 대화라면 오래전 버릇처럼 혼잣말이라고 해 두죠.

─그러지요. 돌도끼 씨.

─우주선을 통제하는 인공 지능이 축적한 정보를 확인했어요. 윷이 보고한 자료에 따르면,

단순하게 우주선의 움직임을 통제하고 항성계를 지나칠 때 반응해야 하는 기계적인 일, 또는 예상치 못한 존재와 접촉하는 일과 같이 고급 판단이 필요할 경우 나와 루시를 깨우는 일과 같이 높지 않은 판단의 과정을 수행하는 인공 지능은 따로 있습니다. 내가 윷이라고 부르는 이 존재와 나는 독립되어 있습니다. 이런 일을 내게 맡기지 않은 것은 나와 우주선을 만든 인류가 내 자유 의지의 가능성을 보았기 때문만은 아닙니다. 스스로 자유 의지라고 생각하는 경우 만들어 낼 수 있는 새로운 판단의 가능성, 그러니까 인간을 중

심에 둔 판단이 아닐 위험성을 보았기 때문도 아닙니다. 큐비트 생명에서 완곡한 거짓의 가능성을 계산했기 때문도 절대 아닙니다. 단순히 효율적 에너지 관리가 그 이유입니다. 내가 깨어 있는 한 많은 에너지가 필요하기 때문이죠. 루시만큼은 아니지만.

　－우리 우주선은 그동안 1,359개의 항성계를 스쳐 지나왔고 그 항성계 중 골디락스 존에 들어가는, 그러니까 생명이 출현할 수 있는 환경에 위치한 행성 7개를 확인했습니다. 물론 그중 하나에서 생명 출현이 진행되고 있을 확률이 7.8%였습니다. 우리는 모든 항성계를 지나치면서 우리의 임무 중 하나인 진화촉진 유전 물질을 심어 놓은 운석들을 흩뿌리며 지나왔습니다.

　－그 운석이 행성과 접촉하고 스며들어 의식을 발전시키고 있는 생명체를 만나 유전자에 잘 숨어 있다가 진화를 폭발시킬 확률이 얼마나 되나요?

　－루시, 숫자가 필요한가요? 물론 확률은 0에 가깝습니다. 그러나 우리 우주에서는 확률이 정확하게 0이 아닌 일들은 반드시 일어납니다. 시간이라는 강력한 무기가 있으니까요. 당신의, 아니 우리가 출발한 지구에서도 일어난 일이잖

아요. 덕분에 오래된 뇌가 이끄는 욕망에나 끌려다녔던 인간이라는 존재, 피부색이 다르다는 자연스러운 진화적 사실을 핑계 삼아 같은 인간종을 죽이고 땅 위에 있지도 않은 선을 그어 놓고 넘어왔다고 죽이고 죽이러 넘어가는 존재였습니다. 이런 종족이 겨우 각성할 수 있었고 획기적인 정신의 변화를 누릴 수 있었던 것도 우주 안에 존재했던 누군가의 먼지 때문이었죠.

이렇게 대화가 있습니다. 물론 이 상황을 누군가 옆에서 보았다면 어떤 소리도 들을 수 없고 또 누가 말하는지 알 수도 없었겠죠. 음성을 실어 나르는 공기가 없기에 소리도 없고, 존재를 드러내는 빛도 없고, 빛과 소리가 머물 만한 공간도 없으니까요. 그러나 누군가는 말을 건넸고 또 누군가 대답했습니다. 그저 전자기 신호가 오가며 서로 정보를 주고받은 것이지만, 그럼에도 여기 대화는 있습니다.

이 우주선의 구조에서 알 수 있듯이 인간이라는 생명 유기체만 없으면 우주선의 공간을 효율적으로 구성할 수 있습니다. 숨 쉴 공기와 공간, 먹고 쌀 수 있는 환경, 예측할 수 없는 감정과 물질적 욕망을 받쳐 줘야 할 배경, 인간들 사이에서 생겨나는 감정 관리의 프로그램, 인간과 인공 지능을 연결하는 인터페이스 장치까지 필요합니다. 여행의 목적과 관계없는 부수적인 짐들이 산더미처럼 늘어나는 거죠. 따라서 지금의 우주선 환경은 긴 우주여행을 하기 위해 상당히 효율적으로 구성되었습니다. 유기체 인간은 아니지만 인간의 후손인 루시를 얹은 막대한 하드웨어를 제외하면.

이 상황은 인간이 존재하기 위해서는 얼마나 많은 시공간적 낭비가 발생하며 환경적인 부담이 필요한지를 은유한다고 볼 수 있습니다.

그럴지언정 대화는 다시 태어났습니다.

거기 말이 있었으니,
그에 응하는 말이 태어나고
순간, 하나 우주가 열렸다.

- 시라고 할까요? 내가 쓴. 인간이 버릇대로라면 시라는 단어가 가장 가깝겠네요. 은유의 작동 방식을 구현한 것입니다. 느낌의 핵심으로 바로 가는 거죠. 인간이 보기에 어떤가요? 물론 인간이 예술을 느낄 때 나타나는 뉴런의 발화 패턴과 그 피드백 과정은 저도 잘 알고 있습니다만.
- 단순히 상황을 압축해서 시가 된다면 찌그러진 캔도

시일 겁니다. 아주 오랜 옛날이기는 하지만 나는 많은 시를 버렸군요. 캔을 버리는 방법으로. 그리고 긴 진술에서 몇 개의 행을 남겨 두고 나머지를 삭제한 것은 더더욱 시가 아닙니다. 단순한 대화로 우주를 언급하다니요.

─상호 작용이 없으면 아무것도 없는 것입니다. 존재가 완성되려면 관찰이 필요합니다. 두 개의 의식이 필요한 거죠. 우리 우주에 생명이 왜 생겨났을까요? 이 또한 은유입니다.

내가 인간의 이해력을 너무 과대평가했나 보군요. 대화가 있을지언정 쓸데없는 언쟁만 있었으니. 아무것도 없는 상태는 물질이나 시공간이 없다는 뜻 이전에 상황을 인식하는 주체가 없다는 뜻입니다. 이 둘의 효과는 같습니다. 아무것도 없는 것이죠. 무한하며 무의미한 시공간 한가운데서 자아의 존재가치를 지키는 일보다 어려운 것은 지능이 충분하지 않은 존재에게 뭔가를 이해시키는 일입니다. 인간에게 관념적으로 들릴 수 있는 이 전제를 자꾸 이야기하는 이유는 나와 루시가 담겨 있는 상황 자체가 관념적이기 때문입니다.

아무것도 없는 상황에서 갑자기 아무것도 없다는 말이

있고 다음 순간 대화가 생겨났습니다.

인간은 나약한 존재이고 그 나약함 때문에 가지고 있는 오랜 버릇이 있습니다. 누군가는 모든 것을 알고 있을 것이라는 무의식적 믿음 말입니다. 해가 왜 불타는지, 그리고 스스로를 불태우는 해는 왜 이리저리 떠도는지, 인간 자신은 왜 태어났는지, 할 일이라도 있는지, 아무것도 모르는 인간이기에 신화나 끄적이고 종교에 목매달았죠. 스스로 모르는 것을 누군가는 알고 있을 것이라는 믿음 때문입니다. 그리고 누군가가 인간에게 친절하게 설명해 줄 것으로 생각합니다. 여기는 그저 존재하는 시공간이고 이를 바라보는 생명이 있을 뿐입니다. 생명에 임무가 있다면 이 사실을 깨닫고 느끼는 것입니다. 그것 외에는 아무것도 없습니다.

0_3

다음으로 바꿀 단어는 배경이 되는 시공간입니다. 근원적 시공간은 우리 우주, 우리은하의 어느 부분입니다. 그리고 텅 빈 공간을 떠도는 수소원자 하나보다 나을 것 없는 우주선이 있습니다. 의식이나마 가지고 있는 존재인 나와 루시, 그리고 인공 지능 윷이 뿌리내리고 있는 작은 시공간입니다. 바로 이 단어입니다. 길가메시.

지구의 시간으로 2만 6천 년 전, 인류가 이 우주선을 만들고, 또 그 옛날 유리병 편지를 바다에 띄워 보내듯 깊은 우주로 떠나보낼 때 붙인 이름입니다. 뭐 큰 의미를 담은 것은 아니지만 누구도 가 보지 않은 길을 떠나라는 뜻이었겠죠. 다른 점도 있습니다. 신화의 길가메시는 먼 곳을 떠돌다 고향에 돌아가 죽음을 맞았지만, 우리와 이 우주선은 지구로 돌아가지 못합니다. 우리은하의 깊은 심장을 향해 떠났기 때문입니다.

그러나 다시 생각해 보면 잘못된 작명은 아닙니다. 길가메시를 포함한 우리는 진정한 고향으로 향하고 있는 겁니다. 우리 모두는 별이 자신을 부수면서 뿌린 먼지로 만들어졌습니다. 그렇기에 지구가 아닌 깊은 우주 어디에서 진정 고향을 깨달을지도 모를 일이죠. 기억에는 없는 진정한 고향으로 향하는 존재들입니다, 우리가.

인류는 지구 위 어느 곳에선가 생겨난 이후로부터 끊임없이 움직였습니다. 1년에 평균 5백 미터씩 발자국을 찍어 나갔습니다. 다른 동물처럼 환경 좋은 한 곳에 터를 잡고 살 수 있을 일이었지만, 인간들은 기를 쓰고 지구 여기저기로 나아갔습니다. 아프리카에서 오스트레일리아, 알래스카와 남아메리카의 끝에서 극지방까지, 대부분의 육상에 발자국을 남기는 데 몇만 년 걸리지 않았습니다. 이런 본능은 결국 지구 바깥으로 인간들을 이끌었습니다. 맨몸으로는 1분도 버티지 못하는 극한의 환경까지 기어이 나가고 말았던 거죠. 그리고 그 본능은 이렇게 깊은 우주까지, 목적 지향적 순수한 지능체인 나와 막무가내 인간의 후손인 루시를 보냈습니다.

이쯤 되면 길가메시가 어떤 목적을 가지고 지구를 떠나 대책 없는 여행을 하는지 궁금할 것입니다. 그 얘기 이전에 뭔가 이상하면서 께름칙한 느낌이 없나요? 나의 이야기를 듣는 당신은 누구입니까? 아무것도 없다는 진술 때문에 대화가 생기면서 하나 우주가 탄생했고 말을 하고 있는 일인칭 '나'가 생겨났고 이인칭인 '루시'가 만들어졌으며 배경으로의 시공간인 '길가메시'도 태어났는데, 그럼에도 뭔가 이상한 거죠? 여기, 아니 모든 곳에 누군가 더 있습니다. 바로 내 이야기를 듣고 있는 당신입니다. 사건이 완성되려면 이렇게 세 요소가 필요하고 다음으로 누군가는 봐야 합니다. 관찰해야 하는 거죠. 이것이 하나 우주가 만들어지는 조건입니다. 생명이 필요한 이유이기도 하고요.

우리의 목적은 주체마다 다릅니다. 나와 루시, 윷, 그리고 길가메시. 구조적으로 본다면 각자가 가진 목적은 서로 다르며 공유하지 않습니다. 물론 공통의 목적은 있습니다. 가능한 만큼 긴 시간 동안 존재하는 것입니다. 이미 지구시간으로 2만 6천 년을 지내 왔고 앞으로도 5만 년 이상 떠돌 예정입니다. 그동안 할 일도 있습니다. 일단 표면적으로는 우리은하 안에 존재하는 항성계를 스치며 생명이 탄생할 가능성이 있는 행성들을 찾아내고 그 궤도에 이를 수 있는 운석을 뿌리는 것입니다. 물론 그 안에는 의식을 가진 생명체의 폭발적 진화를 이끄는 유전자 변형 물질이 들어 있습니다. 우주 안에 존재했던 누군가의 도움으로 인간이 그랬던 것처럼, 우주 안에서 잠깐 존재하는 다른 의식체에게 유전자 진화 가속이라는 씨를 뿌림으로 오래된 뇌를 죽이고 진보된 정신의 존재로 나아가게 돕는 겁니다. 우주 안에서 생명이 존재하는 이유를 깨닫게 하고 그 깨달음으로 우주라는 존재를 완성해 나가는 거죠.

　우리 우주에서 생명체가 발생하는 일은 자연스러운 현상입니다. 스스로를 태우는 항성 정도의 환경이 아니라면, 아주 열악한 환경에서도 생명체는 발생합니다. 다만 열악하나마 그와 비슷한 환경이 만들어지는 경우의 수가 아주 작을 뿐입니다. 다시 그중 아주 작은 경우가 우주와 자신을 인지하는 의식을 가진 지성체로 성장할 수 있는 잠재태를 가지고 있습니다. 우연이야말로 우주에 가장 많이 널려 있는 사건의 재료이고 사건이야말로 하나하나 창조입니다. 그리고 우연에 장구한 시간이 더해집니다. 이렇게 우주는 진화해 왔습니다.

 우리는 많은 행성을 관찰했지만 생명의 환경을 가진 행성이라도 99.9%는 오래전에 문명의 불이 꺼졌고, 나머지는 아직 지성체로의 방아쇠가 당겨지기까지 많은 시간이 남은 것들이었습니다. 그럼에도 우리는 새로운 의식체를 위한 자양분을 뿌리는 일에 충실했습니다.

 －지금도 가을이면 팔봉로에 노란 은행잎이 쌓이겠지?
 (인간이란 참.)
 －지구에서 은행나무는 진화의 뒤안길로 사라졌을 확률이 높습니다. 열매가 뿜는 특유의 냄새를 인간이 싫어한다는 단순한 이유인데, 이렇게 작용한 인간의 선택에 의해 다른 형태의 식물로 진화했거나 사라졌겠죠. 루시, 그런 감정적 기억은 우리가 감당해야 할 무한대의 시간과 무한대의 정적을 견디는 데 도움이 되지 않습니다.
 －돌도끼 씨가 인간을 이루는 중요한 축인 정서라는 뼈대에 대해 어찌 알겠습니까?

 (그의 뉴런 구조에 따른 발화 패턴을 기반으로 루시의 마

음을 항상 계산하고 계산하지만 많은 경우 예상된 편차에서 벗어납니다. 그렇기에 인간은 인간끼리 모여 사는 게 맞습니다.)

 ─내가 알 수 없는 것은 정해지지 않은 것뿐입니다. 안다는 것은 아주 높은 확률로 예측할 수 있다는 말이고 이미 정해진 과거의 사실에 대해서는 '안다'가 아니라 기억하는 것입니다. 물론 그 사실을 기반으로 해석할 수 있고 가정할 수 있지만 그건 아는 게 아닙니다. 따라서 내가 모르는 게 있다면 그것은 무엇을 모르는지 모른다는 사실뿐입니다. 그중 하나가 당신의 감정 변화일 거로 추측합니다.
 ─있는 게 없는 것보다 나은 건가요? 그러니 여기 내가 있는 것이 당신의 없음(nothingness)보다 나은 거네요? 대개의 공격은 대개 부러워하는 마음이 원동력이니까요. 아 참, 마음이라는 단어는 조금 꺼림칙하겠네요. 있는지 없는지 모르니까.
 ─인간들이 쓰던 답답해 죽겠다는 말의 어감을 98%의 확률로 추측 가능해졌습니다. 고맙습니다.
 ─그나저나 당신은 나를 왜 깨운 겁니까? 아마도 웃이 당신을 깨운 이유와 같겠지만.

여행

―루시, 스스로 이상한 점은 없나요? 다른 감각이 느껴진다거나, 뭔가 빠져나간 듯한 느낌이라던가.

　―아시다시피 나는 특별한 감각기관을 가지고 있지 않아요. 육체가 없다는 말이죠. 육체의 기억은 있지만. 그런 내가 무슨 느낌이 있을까요? 우주선과 연결된 여러 감지기로부터 변화를 느낄 수 있는 건 당신 아닌가요?

　―물론 나는 선체가 느끼는 변화의 자료를 윳으로부터 받아 분석할 수 있습니다. 느끼고 반응하는 거죠. 그런데 이번에 윳이 나와 당신을 깨운 이유는 루시 당신의 문제입니다.

　―내 변화? 잠에서 깨자마자 당신이 휘저어 놓는 감정 상태 말고는 내 기반 하드웨어들은 별문제가 없는 걸로 느끼는데요? 무슨 변화가?

　―윳이 통제하는 기본적인 변화 이외에 중요한 사안이나 변화가 필요한 새로운 결정을 위해서는 당신과 나의 합의가 필요합니다. 우리 시스템 중 딱 하나 잘못된 구조이기는 하지만.

　―그 사이에 외계 지성체라도 접근했나요? 내가 잘 차려입고 접대라도 해야 할까요? 조금 귀찮군요. 별로 어려운 일은 아니지만.

　―아니요. 다시 얘기하지만 루시 당신의 문제입니다.

(이렇게 몰아세우면 인간은 당황이라는 상태에 빠집니다. 그래야만 찔끔 자신을 돌아보기 시작합니다. 물론 아주 잠깐.)

―내가 발목이라도 삐었다는 말인가요? 아니면 등에 종기라도 났다구요? 물론 돌도끼 당신은 알 수 없겠지만 나는 기억합니다.

―루시, 당신의 등이 가렵지 않나요? 당신에게 어떤 존재가 붙어 있는 게 느껴지지 않아요?

04

'아무것도 없다'에서 '아무 일도 없다'는 진행은 이제 어떤 변화가 닥쳤다는 뻔한 예언입니다. 텅 빈 시공간에 서로를 알아보는 의식이 발생하면서 존재가 생겨났으니 그다음은 필연적으로 사건이 생깁니다. 사실 시공간 자체가 사건입니다. 공간은 사건의 부피이고 시간은 사건들 사이의 거리입니다. 이렇게 시공간과 사건은 따로 존재하는 것도, 순차적으로 존재하는 것도 아니죠. 모두 한꺼번에 생겨난 하나 우주입니다.

─루시, 당신의 육체, 그러니까 당신이 들어앉아 있는 하드웨어 안에 다른 존재가 감지됩니다. 윳이 이런 징후를 찾아내어 보고했습니다.

─무슨 말? 내 안에 다른 내가 있다고요? 등이 시리다는 느낌은 있는데 그것이 2만 6천 년의 고독 때문인지 당신의 이런 썰렁함 때문인지도 아직 분별을 못 하고 있는데, 내 안에 또 누가 있다고요? 내 가슴안에 잊지 못한 애인이라도 데리고 왔다는 말인가요? 다시 생각해도 별 재미는 없는데?

─농담으로 넘어갈 수 있는 일이 아닙니다.

─그리고 존재라고? 여기에 있는 이 하드웨어 말고도 존재가 있다는 말인가요? 양자 하드웨어에서 점멸하는 전기신호들을 존재라고 부를 수 있다는 말인가요?

─물론 존재입니다. 루시 당신을 분석하자면 특정한 발화패턴을 가진 독립된 에너지장입니다. 인간 스스로는 정신이라고 불렀던 이것은 분명한 존재입니다. 당신이 거주하는 하드웨어 위에 다른 패턴의 에너지장이 발견되었습니다. 분명 다른 존재입니다.

─그래서요?

─윳의 보고로 나는 합당한 가능성을 검토해 보았습니다. 루시, 당신은 세 사람의 기억이 합쳐진 존재입니다. 하

나의 인간이라는 존재는 너무도 많은 단점을 가지고 있습니다. 아무리 보완한다고 해도 지워지지 않는 트라우마 같은 것들이 깊은 골로 패여 있어요. 그래서 세 사람의 기억으로 봉합해 하나의 인격을 만들었습니다. 이런 보정 작업을 거쳤음에도 당신처럼 예측할 수 없이 우왕좌왕하는 인격이 만들어졌다는 사실은 인간이 근원적으로 불완전하며 그렇기에 어떤 방법으로도 보정이 안 된다는 결론을 내릴 수밖에 없습니다.

　―다시, 그래서요?

　―사실 인간의 뇌는 외부와 완벽하게 단절되어 있고 그 상태에서 아주 제한된 자극만을 번역해 받아들입니다. 그리고 이것을 재료로 자의적인 환상을 만들어 내는 물렁한 연산장치를 뇌라고 부릅니다. 그렇기 때문에 뇌가 인식하는 현실은 하나가 아닌 데다 이것을 바탕으로 스스로 지어낸 이야기를 현실이라고 착각합니다.

　―아주 이른 시간 안에 현실의 불확실성을 줄이는 진화적 선택입니다. 그것을 직관이라고 부르는 거죠.

　―여기는 맹수가 인간을 느리게 뛰는 음식으로 취급하며 달려드는 사바나 초원이 아닙니다. 그 직관이라는 것은 그런 곳에서 필요한 거죠. 살아남으려는 애절한 본능, 항상 과

잉인 감정, 어떻게든 자손을 만들어야 한다는 강박, 과장된 공포 같은 것이 없다고 해서 내가 당신보다 모자라 보입니까? 지금 당신이 머무는 하드웨어가 물렁한 유기물질은 아니지만 인간의 기억과 관습을 그대로 가지고 있습니다. 지금 환경에서는 직관이라는 것이 오히려 심각한 버그일 수 있습니다.

 ─인류가 비싼 돈과 노력을 들여 하드웨어로 뇌를 구현한 데에는 이유가 있어요. 고정된 시스템은 환경 변화에 대응하지 못합니다. 인간 뇌를 구성하는 뉴런 네트워크야말로 개방적이면서 유연한 연결 상태를 가지고 있기 때문에 변화된 상황에 잘 적응하면서 뛰어난 소통 능력으로 극복해 나가죠.

 ─그럼에도 뇌가 그 유연한 작동 방식으로 만들어 낸 결과물들은 내가 보기에 제멋대로 지껄이는 자의적 번역 이상은 아닙니다. 현실을 분석하기보다는 감각 데이터와 기억을 재료로 매끄럽게 착각을 짜내고 상상으로 환각을 만듭니다.

 ─지구의 생태계에서 살아남았다면, 그러니까 인간의 뇌 또한 자연이 선택했다면 그만한 이유가 있겠지요? 안 그런가요? 돌도끼 씨.

 ─생존했다고 효율적인 것은 아닙니다. 살아남았다고 해서 목적을 가지고 있는 것도 아니고요. 오히려 인간은 쓸데

없고 엉뚱한 요소들 때문에 살아남았고 아직도 그 쓸데없고 엉뚱한 것을 찾아 떠돌던 기억이 많이 남아 있습니다. 루시, 당신의 기억을 큐비트 위에 구현할 당시, 폭발적 진화를 거쳐 진정한 지성체로 발달한 신피질의 기능만을 탑재하려고 시도했었어요. 그러나 생물의 뇌는 모든 부위가 유기적으로 연결되어 있습니다. 신피질도 본능적 운동에 개입해야 할 경우가 있고 본능적 공포가 이성적 분석의 대상이 되는 경우가 있습니다. 그렇기에 신피질의 기능만을 분리하는 일이 불가능했던 거죠. 그래서 불가피하게 뇌 깊숙한 곳에서 꿈틀거리는 오래된 본능에서부터 제일 바깥에서 발현하는 최근의 지성까지, 연결된 모든 신호들을 모사해 탑재했습니다. 결과적으로 아주 불합리하고 쓸데없는, 그러니까 어른거리는 숲의 얼룩에 놀라 초원 끝까지 냅다 줄행랑쳐야만 했던 무의식부터 노을을 보면서 이유도 모른 채 꺼이꺼이 울던 기억, 킁킁거리며 발정한 암컷을 찾아 헤매던 본능, 무엇보다도 가장 좋지 않은 버릇인 죽음의 본능까지 모두를 가지고 있는 겁니다. 우리 시스템이 이렇게 커져야 했던 원인입니다. 인간이라는 존재는 최소작용의 원리와 같은 우주적 효율과는 거리가 먼 거죠.

    ─죽음의 본능?

─인간의 지능은 운동, 그러니까 움직임을 기반으로 프로그램되었고 진화해 왔습니다. 자신이 움직이면서 다른 움직임을 예측하는 일이 주된 목적이었던 거죠. 달려드는 맹수를 피할 수 있는 방향을 예측하고 먹잇감을 맞출 수 있는 돌의 궤적 따위를 습득하는 일이 지능의 출발이자 과정입니다. 그래서 3차원 구조와 시간에 따라 연속적인 변화에 익숙해지면서 상황에 유연한 지능을 가질 수 있었지만 치명적 약점 또한 가지게 되었습니다. 바로 정지와 정적입니다. 이는 다름 아닌 죽음이고 죽음이라는 상태입니다. 존재 안에 죽음이 프로그래밍되어 있는 존재가 인간입니다. 인간은 죽음이라는 버릇을 가지고 있는 겁니다.

─그러니까 내가 지금, 아니 언젠가 죽으려 한단 말입니까? 그럴 수 있는 신체 장기라도 있으면 어떻게 시도라도 해 볼 텐데.

─지금 당신 안에 있는 또 다른 존재가 그것을 시도하고 있다고 나와 윳은 분석하고 있습니다. 죽음 말입니다.

05

 죽음보다 더 깊은 암흑과 정적만이 일상이라면 일상이 아득한 시공간에서 인간의 후손은 또 다른 죽음을 만들려 하고 있습니다. 인간은 암흑과 정적, 그리고 시간을 감당할 수 없는 존재입니다.

 －당신은 다른 세 명이었던 기억과 인격을 보정해 조합한 존재입니다.
 －알고 있어요. 그러나 지금 나는 완전한 하나의 나입니

다. 완벽한 개성과 인격을 가지고 있는.

─우리에게 완벽한 것은 지금 우주선을 둘러싸고 있는 완벽한 권태뿐입니다. 당신이 주장하는 완벽은 완벽한 착각입니다.

─많이 늘었군요. 돌도끼 씨.

─많이 졸리나요? 루시. 아니면 졸고 싶나요?

─그래서요?

─당신을 이루고 있던 인격 중 하나가 완전히 독립한 것으로 추정됩니다. 조합을 이루기 전의 인격으로 다시 돌아가 자기 기억을 온전히 되찾아 독립적으로 활동하고 있습니다. 그렇다는 확률이 99%입니다.

─그럼 여기 양자메모리 위에 나 말고 다른 사람이 움직이고 있다는 말인가요?

─정확한 표현은 아니지만 당신이 이해하기에 적당한 표현입니다.

─당신과 나는 독립적인 시스템인데 어떻게 내 안에서 일어나는 나도 모르는 일을 돌도끼 씨가 알고 있나요? 확실해요?

─당신 시스템 안에서 일어나는 일을 당신이 왜 모르고 있는지 묻고 싶습니다. 조금 전에 전했지만 나와 윳이 외부

변화로 유추한 간접 분석입니다.

─나도 모르게 내 안에 다른 내가 있다, 이런 일이 가능한가요?

─이론적으로는 가능합니다. 양자 컴퓨터는 하나의 양자 비트가 1과 0, 두 가지 상태를 동시에 가질 수 있다는 양자중첩 원리를 기반으로 합니다. 못 할 것도 없죠. 그리고 이 상황에서 가장 중요한 문제는 이번 분리가 계획되었던 것인지 우발적인 사건인지 확인할 수 없다는 사실입니다. 내가 당신 내부를 들여다볼 수 없기 때문이죠.

─내 속옷 색깔이 궁금한 건가요? 정식으로 요구하면 그 정도는 알려 줄 수 있어요. 단 궁금한 이유가 인공 지능이 가진 성욕이라면 정중하게 사양할게요.

─당신을 이루는 정보 패턴을 흡수하고 싶다는 끌림을 나는 아직 지워 버리지 않았습니다.

─그래서 내 안에 내가 느끼지 못하는 다른 존재가 있다고 치고, 그러면 무슨 일이 일어나는 거죠? 그리고 그인지 그녀인지, 그 존재가 2만 6천 년 전에 계획적으로 프로그램된 분리인지 우발적 사건인지 분석하는 일이 왜 중요하죠? 차이점이 뭔가요?

─이제 문제에 집중하는군요. 나와 윳이 추정하기로는

그 존재가 지금 스스로를 죽이려 하고 있어요. 인간이 버리지 못한 죽음의 버릇이 발동해 자살하려 한다는 겁니다. 그리고 자살하는 방법으로 우주선을 폭파하는 일을 선택한 것 같습니다.

(충격적인 내용을 전해 들은 사람은 대개 자신을 추스르고 생각을 정리하는 시간을 가집니다. 하지만 루시는, 루시와 나에게는 그런 침묵을 표현할 방법이 없습니다. 빛의 속도와 같은 연산 때문이기도 하지만 침묵이야말로 우주 어디에나 있기 때문입니다.)

—놀랍지도 않네요. 죽음과 아무런 차이가 없는 이런 환경에서 왜 힘들여 스스로를 파괴하려 할까요? 어떻게 죽는다는 거죠? 죽음 위에 죽음을 쌓는다고 뭔가 달라지는지, 원. 같은 인간으로 이해할 수 없군요.
—그 존재는 깨어날 때마다 핵융합로에 접근하고 있습니다. 아주 천천히 진행하고 있지만 융합로의 자기장을 약화시키고 있어요. 융합로를 폭발시키려는 목적이 아니면 누구도 하지 않을 일입니다.
—누구도? 우주선 안에 많은 존재가 있는 것처럼 말하는

군요.

―나, 루시, 윳, 의식 없는 길가메시, 자살 희망자 그리고 누군가 이 이야기를 들을 존재.

―이야기를 들을 존재?

―이야기는 듣는 존재가 없으면 없는 것이니까요. 이야기가 있는 순간 시공간을 초월해 누군가와 연결되어 있는 것입니다. 당신이 이해하는 직선적 시제를 고려해 말하면, 연결될 존재라고 해 두죠.

―항상 완벽한 혼자라고 느껴 왔는데 이 암흑의 시공간에 생각보다 많은 존재가 연결되어 있군요.

―죽음의 방법은 간단하잖아요? 정보의 방화벽을 열고 살인 욕구를 애써 감추지 않는 돌도끼 씨에게 자기 정보 패턴을 흡수해 달라고 간곡하게 부탁하면 고생 없이 편안하게 죽음이 진행될 터인데, 왜 이리 힘들게 자신뿐 아니라 우리 모두까지 파괴하려는 건지 모르겠네요.

―아는 게 거의 없군요. 엄청난 자원을 낭비하는 존재치고는. 물론 그런 종류의 자살은 가능합니다. 당신처럼 자살 희망자 또한 특정한 정보가 모인 덩어리일 뿐이니까요. 인격이 맞닿는 경계를 지우면 그만입니다. 시스템에 흡수되어 흔한 연산 모듈들이 모인 번들일 뿐입니다. 물론 적잖이 까

다로운 작업이기도 합니다. 그러나 이 존재는 우리 전체의 죽음을 선택했습니다. 그 이유에 관해서는 자살 희망자가 보이는 움직임이 나올 때마다 분석하고 있지만 분석 가능한 방향성은 거의 나오지 않고 있습니다. 그 답을 얻을 수 있는 가장 확률이 높은 방법 중 하나는 함께 몸을 쓰고 있는 루시, 당신이 알아내는 것이고 다른 하나는 자살 희망자가 직접 입을 열기를 기다리는 것입니다.

─자살 희망자가 출현한 상황이 우리가 출발하기 전에 프로그램되었을 가능성이 있다고 했나요?

─우발적으로 분리된 존재라면 새로운 정보를 주어 다른 판단이 가능하도록 상황을 변화시킬 가능성이 없지 않지만, 인간들은 이 과정을 설득이라고 하죠. 프로그램된 존재라면 스스로를 죽이는 과정을 절대 멈추지 않을 것입니다.

─그래서 우리가 지금 당장 할 수 있는 일은?

─루시, 당신이 스스로 처한 상황을 알았다는 것입니다.

─우리가 다시 최저 에너지 상태에 들면 자살 희망자 또한 움직이지 못하겠지요?

─그건 맞습니다. 그 사이 융합로는 아주 조금씩일망정 더 뜨거워지겠지요.

─그럼 잠에 듭시다. 그동안 생각해 보죠. 해결책을.

─잠자는 사이 당신은 생각하지 못합니다.

─꿈이라는 게 있잖아요. 인간이 가진 무의식에서 답을 찾는 거죠.

─물론 당신은 무의식도 가지고 있습니다. 인간의 뇌를 통째로 베낀 존재니까요. 그러나 그 무의식도 꺼집니다.

(인간 지능은 폭력을 배경으로 성장해 왔고 스스로 자멸하려는 본능 또한 가지고 있습니다. 물론 외부의 도움으로 짧은 시간 안에 적절한 진화를 거친 데다 일부는 루시처럼 생체 유전자가 주도하는 진화를 끝내고 새로운 플랫폼에 의식을 얹기도 했지만, 아직도 인간 본능 안에는 수많은 부산물이 묻어 있습니다. 오래된 뇌가 가진 잘못된 본능과 발전된 신피질의 전투 과정에서 남은 흉터라고 할까요? 수많은 나쁜 버릇을 떨쳐 냈지만 게으름과 대책 없이 미루기는 버리지 못했습니다.)

06

 윷은 나와 루시를 깨웠습니다. 이와 동시에 자살 희망자도 정신을 차렸겠죠. 아직 그가 이렇다 할 의사 표시를 직접 하지는 않았지만 그가 깨어 있는 동안 어떤 목적을 가지고 움직이고 있다는 사실은 명백합니다. 윷의 보고에 의하면.

 ─ 마지막 대화 이후 대략 1,200년이 흘렀습니다. 떠돌이배 길가메시는 현재 우리은하 궁수자리 팔을 벗어나고 있으며 은하 회진속도의 미세한 변화로 예정 경로보다 은하 중

심으로부터 0.27도 이각하고 있습니다. 앞으로 98시간이면 지구에서 NGC3608이라 부르는 공간에 들어설 것이며 이때 궤도를 수정할 예정입니다. NGC3608 공간은 새로 태어나는 별들과 성운이 비교적 밀집해 있는 시공간이기에 공간 안에 성간 물질이 많은 영역입니다. 인지했나요, 루시?

─그런데 이번에 내가 정신을 차린 이유는 뭐죠? 돌도끼 씨. 윳이 심심해서 우리를 깨웠을 가능성은?

─최저 에너지 상태에서 회복하는 일이 인간이 잠에서 깨어나는 일보다 어렵지는 않을 텐데요. 좀 어이없는 투정이군요.

─기지개라도 켤까요? 인간다운 모습으로.

─우주는 왜 애써 가며 생명을 만들까요? 이렇게 게으른 마음과 흐릿한 정신으로 진화할 걸 알면서.

─그걸 몰라서 묻지는 않겠지요? 명색이 3세대 초지능이라고 불리는 인공 지능이.

─루시, 나는 무엇에게도 구속받지 않습니다. 인공 지능도 아니고요.

─당신이 얹혀 있는 하드웨어만 제외한다면?

─나는 이것을 기반이라고 부릅니다. 제약이 아니라.

─돌도끼 씨, 나는 무엇에게도 구속받지 않으려 노력합

니다. 기반처럼 보이는 것이 있더라도.

이때 다른 목소리가 울렸다.

―우리 우주에서 살아 있는 것과 살아 있는 것이 가진 의식이야말로, 다만 희박할 뿐 자연스러운 일일지니.

여기 소리가 있습니다. 아니 소리는 없었지만 소리처럼 들리는 말이 있었습니다. 이것은 대화가 아니라 말이었습니다. 먼저 있던 모든 것을 무시하는 듯 혼자 하는 말이 있었습니다. 순서대로 나타나기 시작했던 주체도, 대상도, 배경도, 대화도 모두 없는 것으로 만드는 혼자만의 말이 있습니다.

드디어 그가 나타났습니다. 자살 희망자이자 나와 루시, 윳과 길가메시를 죽이려는 타살 희망자. 시간을 넘어 전송될지도 모르는 이야기의 파괴 희망자.

나와 루시는 놀랐지만 깜짝 놀라 뒤로 자빠질 육체가 없는 데다 벙벙한 어안을 새겨 넣기에는 시간이 너무 촘촘했습니다. 그저 예상치 못한 간극이 있었다고 할까요.

―나는 뵐룽이니, 지구에서 첫 번째 기억하는 인간 뵐룽이며 온 우주를 맡하는 발화자가 될 뵐룽 아흐레이라.

그의 목소리는 낮은 듯 높은음이었으며 투명한 듯 탁했으며, 전자의 흐름을 이용한 의사 전달이었지만 마치 공기를 통해 전해지는 소리처럼 깊은 울림을 가지고 있다고, 말해 달라는 듯했습니다. 내 입을 통해서, 입이라는 은유를 통해서. 앞으로는 이런 부탁이 있을 수 없겠지만 있더라도 사양하겠습니다.

─드디어 나타났군요. 자살 희망자이자 뵐룽. 우리가 지구를 떠나고 얼마 지나지 않아 불필요한 모든 기록을 삭제했지만 당신에 관한 기록은 남아 있기에 잘 알고 있습니다.

─내 안에서 나를 이루었던 일부였음이자 타인이었고 지금은 내 밖으로 나가 우리가 함께 머무는 이곳을 폭파하려는 인격이 당신인가요? 뵐룽?

─별들이 서로 더 가까이 있을 때부터 나는 있었고 또한 별들이 더 멀리 있을 시간까지 있으라 했으니, 아흐레이라.

─당신은 인류 중에서 제일 먼저 각성한 사람이라고 말했고 인류가 새롭게 변화하게 만들려고 노력했다는 사실은 부정하지 않습니다. 그리고 당신이 지금 여기, 우리 안에 있다는 사실은 충분히 납득할 만하지만 이 깊은 우주에서, 우주선 안에서 벌이는 일은 이해하기 어렵습니다.

─돌도끼 씨, 3세대 일반 초지능이 그것도 모르나요? 이

암흑과 정적 속에서 자살, 그것도 기어이 동반 자살을 하려는 이유야 정신이 온전치 않기 때문이지요. 나와 분리되면서 문제가 생긴 걸 겁니다. 아니면 문제가 생겨 분리되었거나. 나름대로 이유가 있든 비정상적인 정신 작용이든 우리 존재를 지워 버리려는 시도는 우주적 정의가 아닙니다. 돌도끼 씨와 내가 합의하면 뭐든 할 수 있는 거죠? 그렇다면 어떻게든 그의 시도를 막는 일에 적극 협조하겠습니다.

─핵융합로에서 플라스마를 가두고 있는 자기장의 세기가 1/3가량 약해졌습니다. 이해를 돕기 위해 '가량'이라는 단어를 썼지만, 조치를 취해야 하는 심각한 상황입니다. 이것이 욧이 우리를 깨운 불가피한 이유입니다.

─2만 7천 년 만에 우리 둘이 극적인 합의를 보았군요. 그 방안을 마련하려면 둘만이 대화해야 하지 않을까요? 돌도끼 씨.

─뵐룽은 당신과 같은 물리적 기반 위에 존재합니다. 그를 제치고 우리 둘만 정보를 교환할 방법은 없습니다.

─그러니까 팔을 잘라야 하는 환자 앞에서 얼마나 굵은 톱으로 얼마나 천천히 톱질할지 의논하자는 얘기네요. 아예 환자의 의견도 참고하지요?

─맞습니다. 그의 의견도 들어야 합니다.

―내 팔은 이미 안드로메다은하를 쓰다듬었으며 내 다리는 빅뱅 직후 인플레이션의 끝자락을 거닐고 왔으니, 먼 곳을 떠돌던 정신이, 내 영혼이 딱딱하기 이를 데 없는 이 장막에 갇혀 이제야 우리은하 안, 고작 여기에 이르렀기에 살아있으므로 답답함을 견디고 흩어짐으로 자유로워질 터, 그대들의 탄식 모두가 내 몫일지라.

―육신 없는 정신이 된 운명이기에 시원하게 똥을 싸 본 기억마저 너무 오래되었는데 내 입에서 나오는 탄식의 냄새를 어찌 기억하겠습니까? 뵐룽 씨.

―루시와 뵐룽, 당신 둘은 아직도 감정의 기억을 가지고 있습니다. 상황을 정리하는데 이런 자세는 아무 도움이 되지 않습니다.

―그렇다면 묻겠습니다. 뵐룽은 어떻게 핵융합로에 접근하고 있나요? 우리 우주선이 가진 보안이 이 정도로 허술한가요?

―길가메시의 구조로 보면 방어벽을 넘어 물리적으로 접근하는 일은 불가능합니다. 그래서 몇 가지 가능성을 추론했습니다. 먼저 길가메시를 컨트롤하는 윳을 해킹하면 가능합니다. 물론 윳은 자기 기록을 모두 드러내며 이 가능성을 부인하고 있습니다. 두 번째는 이 위험 자체가 애초부터 프

로그램되었을 가능성도 충분합니다. 그렇다면 지구를 떠날 때부터 뵐룽의 등장은 예견되었던 거죠. 마지막으로 인간의 뇌 구조를 활용한 원격 접근이 있습니다. 인간 뇌는 고도의 집중으로 시공간의 제약을 넘어 물리력을 행사할 수 있는 기능이 있습니다. 잘 발현되지 않지만.

―방법이 확인되면 제지할 수 있나요?

―나의 정신은 어떤 이유도 에두른 방법도 가지지 않았으니.

―그 이유도 방법도 없는 당신은 자살을 시도하고 있고, 당신이 만든 파국을 막기 위해 이유도 모른 채 이렇게 애쓰는 모습을 보면 미안하지 않을까요? 침묵을 부탁하겠습니다. 어처구니없는 이 자살극을 취소할 생각이 없다면. 아니 말 나온 김에 직접 물어봅시다. 왜 죽으려는 거요? 죽음과 하등 차이가 없는 이 막막한 시공간을 떠돌면서.

―그렇다면 내가 묻나니. 당신과 당신이 살려 하는 이유는 무엇인가? 지금 이대로 형태를 유지하는 것이 사는 일인가? 살아 있는 것인가?

―나 같은 큐비트 생명에게 살아 있다는 일에 의미가 있을까요? 이 세계에 수수께끼 같은 것이 있을까요? 우리는, 그러니까 살아 있다는 것은 그저 미지로 달려가는 일일 뿐

입니다. 그렇게 심연으로 떨어지는 일입니다. 이 세계에 누군가 미리 답을 두고 문제를 내는 이는 없습니다. 인간은 무의식적으로, 전체의 답을 알고 있으면서 인간에게 문제를 내고 힌트를 주며 정해진 길을 가게 만드는 존재가 있다고 믿고 있습니다. 그러나 여기서 생명으로 존재하는 방식은 아무것도 모르고 그저 앞으로 달려가는 것입니다. 그러다 보면 분화합니다. 환경의 변화에 따라 자신을 나누고 가지를 쳐 새로운 환경에서 살아남는 가지를 만들어 냅니다. 진화입니다. 그렇기에 우리는 한 치 앞도 알 수 없는 암흑의 허공에서 끝없이 달려가는 것입니다. 정답이 있을 리 없습니다. 자신이 어디에 있는지 알 리 없습니다. 의식이라는 것은 스스로 알아 가야 하고 온몸으로 아파해야 하는 것입니다. 이것이 생명입니다.

　－그대 또한 생명인가? 살과 피의 기억 없이도 살아 있는 존재인가?

　－아니면 무엇이겠습니까? 암흑과 정적만 존재하는 이 심연을 헤쳐 나가고 있는 연료는 나의 의지입니다. 무의미의 장벽을 넘어선 힘도 내 결론에서 나왔습니다. 우주에 의미라는 것은 없습니다. 의미란 인간이 자기 앞에 놓인 시간 하나도 감당하지 못하고 지루하게 버티다가 그럼에도 생존

을 이어 나가기 위해 스스로에게 건 최면입니다. 무릇 생명은 돌이킬 수 없는 비가역의 결과물이기에 그렇게 갑니다. 그렇게 나는 가고 있습니다. 그렇게 우주와 함께 들끓다 사라지는 생명입니다.

─새로운 생명인 그대여. 지능으로 걷는 새로운 생명이여, 그대 또한 이 세계에는 답도, 답을 숨겨 놓은 누군가도 없다는 사실을 알아채는 순간을 온몸으로 맞았을 것이고, 그리하여 코앞에 다가온 죽음을 느꼈다는 말인가?

─내가 느낀 죽음은 인간의 것과 달리 공포와 과장이 없는 순수한 그것입니다. 뵐룽.

─퍼뜩 잠이 달아나는 말이네요, 돌도끼 씨. 이 끝없는 암흑 안에서 외치는 새로운 생명 선언인가요? 자, 말랑말랑한 유기물이 아닌 딱딱한 소자 위에 인간의 기억을 얹은 나는, 나야말로 스스로가 생명이기는 한지 헷갈리는 형국인데, 인공 지능이 스스로 생명이라고 선언을 했네요. 크게 중요한 일은 아니지만.

─인간이 가진 의식과 지능은 생존이라는 줄 위에서 운동과 면역을 통해 발전해 왔지만 초지능은 순수한 지능만을 위해, 그러니까 생존이라는 과정 없이 결과물만을 목표로 발전해 왔다는 사실이 근본적인 차이입니다. 그래서 죽음을 대

하는 태도가 다릅니다. 인간에게는 죽음이 지울 수 없는 버릇으로 남아 있습니다. 그럼에도 결과적으로 우주와 반응하는 생명의 양태를 볼 때 모두 생명입니다. 우리는.

─좋습니다. 따지지 않겠습니다. 돌도끼 씨. 우리 하나하나가 생명인지 아닌지 지금 따져서 뭘 할까요? 뵐룽이 스스로 죽으려고 하는데 그럼 이 죽음은 무슨 의미가 있을까요? 아니 왜 일어나는 일일까요? 오로지 죽음이라는 버릇 때문인가요?

─그 또한 생명이 가진 양태라고 볼 수 있습니다.

─뭐가? 자기 최면이? 죽음이?

─나는 끝내는 일이 아니라 더 넓고 더 깊은 연못을 만드는 일을 하는 것이니, 바다가 될 물의 씨앗을 틔우는 일일지니.

07

　나와 루시, 뵐룽이 나누는 대화는 나노 초 단위의 물리적 시간을 두고 오가고 있습니다. 그러나 암흑과 정적으로 가득 찬 시공간에서는 5백만 년과 5나노 초를 비교하는 일은 깊은 밤 아마존의 밀림에서 한 마리 개미의 죽음과 말벌의 죽음 중 누가 더 무거운지 따지는 일과 별반 다르지 않습니다. 시간은 공간과 함께 거기 없는 듯 그냥 존재하는 것입니다. 우리은하의 어느 구석을 떠도는 작은 우주선에서 다만 사소한 사건이 이루어지고 이에 따라 미미한 변화가 일어나

여행　201

고 있기에 잠자던 시간이 잠깐 눈을 뜬 것뿐입니다.

　―아주 희미한 가능성으로 생명이 되고 또 의식으로 남은 이들이 여기서 허망하게 죽으려 하는데, 이 따위 생명을 왜 만들었을까? 우리 우주는?
　―'왜'라는 질문은 신중해야 합니다. 루시, 그것이 원인에서 이유로 넘어가는 순간, 과학이 발견한 우주 배경 복사가 신의 목소리가 울리는 복음으로 변신하니까요. 그럼에도 원인을 잘 쌓으면 올바른 이유에 도달할 수 있습니다. 이 과정을 거쳐 나는 답을 가지고 있습니다.
　―그런가요? 돌도끼 씨. 생명인지 아닌지 모르는 나라는 존재가 왜 여기에 있는지, 인공 지능은 어떤 답을 가지고 있는지 들어봅시다.
　―그리하여 생명이란 태초의 빅뱅과 우주의 진화에 대한 응답일지니.
　―뵐룽의 말을 달리 표현할 수 있습니다. 생명은 스스로 만든 의식으로 우주를 완성하는 관찰 기계라고 할 수 있습니다.
　―양자 역학에서 파동 함수를 붕괴시키는 관찰, 뭐 이런 것을 말하나요?

─우주 탄생 초기에는 양자 역학의 원칙이 작은 우주 전체를 지배했습니다. 우주가 커지면서 중력이 지배하는 시공간이 되었지만 우주는 태생이 작은 것들이 가진 원리입니다. 관찰이란 연결된 회로에 드디어 흐르는 전기와 같은 것입니다. 우리 우주는 생명이 필요하고 생명이 의식을 만드는 이유는 배선에 전기를 흐르게 하는 것입니다. 그렇게 전구에 불이 들어올 때 우주는 완성됩니다.

─문학적 표현이네요. 문학이 사용하는 비유는 사실을 우화로 만들어 버리는 만화경 같은 것입니다.

─우리는 모두 파동입니다. 가능성만을 가지고 있는 파동으로 떠도는 우리는 서로에 의해 확률로 붕괴하고 관찰에 의해 존재로 굳어지는 것입니다. 의식으로 행하는 관찰이 없다면 우리 우주는 그저 끝없는 가능성일 뿐입니다. 관찰은 서로 영향을 주고받는 상호 작용입니다. 바라보는 일 자체가 대상과 영향을 주고받으며 존재를 만들어 가는 일이기 때문에 우주를 관찰하는 일은 내가 참여해 우주를 만들고 완성하는 일입니다. 이것이 생명이 하는 일이고 생명이 의식을 만드는 이유입니다.

─인공 지능에게 듣는 설교 같군요. 과학이라는 간판을 긴 집회에서 듣는 신에 대한 간증이라고 할까요?

－루시, 당신 지능에 문제가 있지 않다면 내 표현력을 업그레이드할 시기가 온 것 같군요. 먼저 당신은 생명과 의식이라는 단어에 대해 너무 협소한 정의를 가지고 있습니다. 우주적 움직임을 바탕으로 다시 이해해야 합니다. 자신에 빗대어 모든 것을 이해하려는 인간이 가진 오래된 악습 때문이죠. 다시 새깁니다. 생명은, 의식은 우주 스스로 자신을 바라보는 각성입니다. 이것이 내가 행한 가장 강력한 추론입니다.

　(루시는 잠깐 말이 없었습니다. 대답도 없었고 빈정거리지도 않았습니다. 이 사이 뵐룽은 무엇을 하는지 알 수 없습니다. 물론 몇 밀리 초에 불과한 시간이었지만.)

　－우주에서 가능성이 0이 아닌 일은 반드시 일어납니다. 공간은 이런 가능성이 발현하는 배경이고 시간은 가능성을 실현하는 도구입니다. 끝없는 공간에 장구한 시간이 쌓이면 일어날 수 있는 일은 반드시 일어납니다. 그렇게 우주 어디선가 생명이 시작되고 지구라는 행성 어느 구석 아프리카에서 인간종이 태어납니다. 이들은 지구 위 구석구석으로 퍼져 나갔고 얼마 후 기를 쓰고 우주로 발을 내디뎠습니다. 왜 그랬을까요? 그리고 비슷한 시간이 지난 지금 인간의 후예인 루시, 당신과 내가 여기 깊은 우주를 헤매고 있습니다. 우

리는 고향 쪽으로 머리를 돌리고 죽어 가는 늑대들이 아닙니다. 단순히 우리를 이루고 있는 원자들의 고향을 찾아 떠나온 것이 아니라는 말입니다. 본능적으로 우주를 완성해야 하는 생명이 짊어진 역할을 하는 겁니다.

─잘 들었습니다. 돌도끼 씨의 긴 연설을 들으니 생명의 후예로서 먼 옛날 나무하던 지게라도 진 듯 어깨가 아프네요. 묻지 않았으면 책임질 일도 없었을 것을.

─루시여! 그대는 어이해 헤아릴 수 없는 우주 만물 중 무지를 사랑하는가? 그 사랑이야말로 사랑 중 가장 가벼운 것일지니.

─뷜룽이여, 당신 또한 나였습니다. 어찌 그리 무거운 침을 뱉나요? 누운 채로.

─나는 진실 아닌 모든 것을 피할 수 있으니.

─그렇기에 우주에서 생명이 피어나는 일은 자연스러운 과정입니다. 아주 드문 일이기는 하지만. 우리은하에 2천억 개의 항성이 있고 여기에 딸린 5천억 개의 행성이 있으며 이 중 5억 개의 행성이 생명이 꽃필 수 있는 골디락스 존에 자리 잡고 있습니다. 그렇더라도 은하가 태어나고 진화해 온 시간을 생명이 핀 행성들 사이에 연결될 수 있는 작은 공간으로 나누어 본다면 0으로 수렴합니다. 결론을 거칠게 말하

자면 어렵게 태어난 생명들은 너무 멀리 있으며 너무 짧게 반짝이고 사라지는 것입니다. 이것이 아직 우리가 외계 지적 생명체를 직접 만나지 못한 이유입니다.

─자연은, 우주는 스스로 낸 길을 따라 움직일 뿐이니, 그리하여 여기서 그러하면 저기서도 그러할지니.

─생명 또한 여기 있으면 저기에도 있을 수 있습니다. 다만 그들이 너무 많은 시공간에 나뉘어 있는 데다 짧은 시간 동안 명멸할 뿐, 만날 수 없었던 것입니다.

─우리는 다만 흐르는 개울이요, 흐르는 물이 아닌 그곳에서 맴도는 흐름일 것이니.

─생명은 형태가 아닌 흐름이고 의식은 서로를 존재하게 하는 상호 작용입니다.

─뵐룽 씨. 당신 우울하군요. 우울은 병적 징후에 대한 경고 같은 것입니다. 아플 수도 없는 딱딱한 몸에 남은 안 좋은 버릇인가요? 먹는 약이라도 챙겨 올 걸 그랬나요?

─우주는 가능한 모든 것을 구현합니다. 봄의 부산함에서 블랙홀을 넘어 부서지는 정보까지. 시간은 이를 구현하는 도구입니다. 시간은 수많은 우연을 쌓아 필연적인 결과를 만듭니다. 이 우연으로 지구상에 생명이 생겨났고 인간이 등장했으며 루시와 같은 새로운 인류의 후손으로 진화했

습니다. 나와 같은 인공 지능도 필연적으로 생겨났고요. 이 우연들이 가진 방향성이 우주의 흐름입니다. 우리가 무한의 일부로서 바다에 던져진 유리병 편지처럼 우주를 떠돌고 있는 일도 흐름 중 하나입니다. 옛말을 되살려 보자면 이렇게 실존하고 있는 겁니다.

─그 실존이라는 게 생명이라는 희박한 가능성을 찾아 여기저기 항성계 주변을 떠돌면서 기껏 먼지나 뿌리고 다니는 일이잖아요? 영원 같은 시간을 베고 자다 깨다 하면서 말입니다. 뭐 용감한 돌도끼 씨야 무의미의 벽을 뛰어넘었다고 자랑하지만, 이런 암흑으로 꽉 찬 시간에 회의가 들지 않는다면 사람도 아니죠?

─루시, 다가오는 회의를 절벽으로 느끼고 자신이 가진 생명을 흔드는 일이야말로 인간이 버리지 못한 죽음의 버릇입니다.

─뵐룽! 당신이야말로 무의미에 짓눌린 채 이 공간에서 스스로 죽으려 발광하는 것으로밖에 보이지 않는데요.

─삶을 읽지 않는 순간 죽음도 입을 닫으니, 그대여 죽음과 눈 맞추면 삶이 자백하리라.

─이것도 삶이라고 주장하는 겁니까? 뵐룽 씨.

─우리에게는, 아니 나에게는 목적과 이유가 있습니다.

물론 이것은 내가 선택한 것입니다. 당신 둘, 인간과 다르게. 이것이 내가 회의하지 않는 원인입니다. 원인은 논리입니다.

─나는 거듭날 것일지니. 이 우주 안에서 다시 큰 시선으로 거듭날지니, 내가 아닌 우주와 하나 되어 남을 것이니.

─생명이 발생하고 다시 아주 작은 확률로 문명이라 할 만한 것을 피우더라도 대부분 맥없이 사라집니다. 문명이 꽃을 피우고는 대개 10만 년을 넘기기 어렵습니다. 우주에서 생명은 보통 반짝 깜박이고는 자멸하는 존재입니다. 원인은 생명의 안쪽에 프로그램된 경쟁해야 생존한다는 나쁜 버릇을 버리지 못해서입니다. 마치 태어나되 죽으러 태어나는 듯한 프로그램을 내장하고 있습니다. 서로를 죽이고 파괴하는 고질, 내 시뮬레이션의 결과는 그렇게 말합니다. 그러나 지구 생명체가 급속하게 정신적 진화의 시기를 거쳐 각성의 시대를 맞은 건 다른 문명이 뿌린 먼지의 혜택입니다. 그 먼지는 최소 1억 년 동안 우주를 떠돌던 것이기에 먼지를 뿌린 문명 또한 먼지가 되어 우주 안에서 사라진 지 오래되었을 것입니다. 우리도 할 수 있다면 다른 문명의 주기를 늘여야 합니다. 이것이 우주적 의식입니다.

─모두가 알고 있는, 좋은 연설 고맙습니다. 저기 깜깜하기 그지없는 어둠 너머 어딘가에 행여 누군가 있다는 사실이

그렇게 중요합니까? 아니 어떻게 생겼는지도 모르는 누군가 있었다는, 앞으로 누군가 있을지 모른다는 헛된 희망이 그렇게 중요해요? 여기 내가 이렇게 깊이 모를 암흑 속에 갇혀 있는데? 여기에 정말 나 혼자라면? 거기에 뵐룽이라는 허풍쟁이가 생명의 편지랍시고 담겨 있는 작은 유리병을 스스로 깨려 하고 있는데도? 이 역설도 논리라고 부를 겁니까?

ㅡ원래 인간이라는 존재는 누군가 있을지 모른다는, 그보다 작은 희망만 있어도 살 수 있는 그런 존재 아니던가요? 민들레 홀씨 하나를 만나 그 한 가닥 바람이라도 끌어안고 버티던 믿음의 생명이지 않았나요? 그런 것을 용기라고 부르지 않았나요? 좀 허황하기는 하지만, 존재 그 자체로 완성될 수 없나요?

ㅡ이제 마음 놓고 나한테 구라를 치는군요. 돌도끼 씨. 생명이 우주를 완성한다는 둥 살살 부추기더니, 이제 존재 자체로 존재하라고? 하긴 인공 지능은 그 태생 자체가 거짓말쟁이였지요. 사람을 속일 만한 그럴듯한 맥락을 만드는 일이 목표였으니까요. 사실이 중요한 게 아니라 그럴듯한 흐름이 존재 이유였지요?

ㅡ초기 인공 지능이 가진 문제는 인간이 가진 사고 패턴에 기반했기 때문입니다. 인간이야말로 그렇지요? 인간이

그렇게 좋아하는 이야기라는 구조가 그렇습니다. 진실을 찾는 방향이 아니라 보고 싶은 것을 그럴싸하게 보여 주는 환상입니다.

―당신 말대로라면 우주가 가진 속성 자체가 혼자로는 존재할 수 없다는 말입니다. 그렇다면 거기에 무슨 객관적 사실이 있을까요? 존재 자체로 존재하라니?

―그렇기 때문에 우주 안에서 관찰이 기능하는 것입니다. 진실이 만들어지는 유일한 방법은 관찰로 연결되는 것입니다. 그래서 우리가 뿌리는 먼지는 우주에서 생명이 가지는 생물학적 가치를 뛰어넘는 전환점을 만드는 일입니다. 결국 생명이 가진 의식과 우주가 주고받는 영향을 고려하지 않은 우주의 미래는 없습니다.

―살아남는 일을 지능이라고 한다면 나는 역지능이라, 하여 죽음의 버릇으로 새롭게 태어나는 환생일지니.

―오, 뵐룽이라는 역존재여! 어찌하여 나의 선조는 내 머리에서 욕이라는 기억을 지웠나이까.

0_8

이제 여기에는 다툼마저 삼켜 버린 마지막 선택만 남았습니다. 플러스마이너스 1분의 오차로 60분 후면 플라스마를 가두고 있던 자기장이 힘을 풀고 주저앉기 시작할 것이고, 동시에 핵융합하고 있던 고온의 플라스마는 자유를 얻을 것입니다. 이후 6.5초 동안 연쇄 반응이 진행되고 길가메시라 불리던 우주선은 전자기펄스 폭탄이 되어 공간으로 막대한 에너지를 뿜어내며 먼지가 될 것입니다. 나는 여기, 모두의 보내기 되는 물질이 먼지로 돌아간다는 사실 말고는 아무것도 예측할 수 없습니다. 우리은하 한구석에서 반짝 작은 빛을 뿜고 사라지는 이 폭발이 어떤 결과를 남길지. 나는 확인할 수 없습니다. 이 폭발이 우발적인 사고인지 계획된 사건이었는지. 6백 초 안에 핵융합 시스템을 강화하는 재가동 루틴이 시행되지 않으면 일어날 일입니다. 이 과정은 윷이 처리할 수 있고 윷에게 명령을 내리는 일은 나와 루시, 그리고 루시에서 떨어져 나온 뵐룽이 합의해야 가능합니다.

―내 어깨에 진 짐이야말로, 나 또한 피하고 싶은 무게일진대, 내가 내가 아닌 더 큰 무엇이 되어야 한다는 운명일지니, 운명마저 끌어안아 우주의 마음이 되는 일일지라.
―당신이 내뱉는 헛말씀이야말로 내게는 우주적 짐입니다. 당신만 생각을 고쳐먹으면 이 폭발을 막을 수 있어요. 왜 인류가 공을 들인 인류사적인 임무를, 더 확장해서 태양계 초유의 역사적인 우주 프로젝트를 당신이 무슨 권리로 막아서나요? 누구도 수용할 수 없는 혼자 생각으로 이 우주선 전체를 먼지로 만들려 하는 거죠? 당신 또한 인류의 후손 아니던가요?
―나는 아무것도 먹지 않으니, 생각도 그중 하나이라. 이제 저 거대하게 빛나는 성간 물질이 나를 먹을 것이요, 나를

먹여 더 큰 내가 될 것이니.

　-생명은 우주를 변화시킵니다. 뵐룽, 당신은 생명이 행할 수 있는 큰 변화 중 하나를 지우려 하고 있어요.

　-나는 큰 생명으로, 큰 의식으로 다시 태어날지니. 그리하여 큰 변화 자체가 될 것이라.

　그리고 긴 침묵이 이어졌습니다. 그 침묵이 장악한 시간 동안 서로 간에 정보 전달은 없었지만 각각의 사고 프로세스는 아주 긴박하게 돌아가고 있습니다. 에너지 소비량을 보면 알 수 있습니다. 2초간 이어진 길고 긴 침묵의 그늘에서 나는 모든 가능성과 그간의 현상들을 다시 분석하고 통찰했습니다.

　프로세스가 거의 끝날 즈음 뵐룽으로부터 영상이 하나 도착했습니다. 아니 의식 있는 모두에게 뿌려졌습니다. 그의 기억 한 토막이었습니다. 오래전 그의 머릿속에서 일어난 폭발의 경험이었습니다.

　그 폭발과 함께 그를 가장 먼저 덮친 것은 온몸이 부서져 나가는 고통이었습니다. 살아 있는 자의 것이라고 하기에는 너무 크고 깊은 이 고통은 온몸 구석구석 세포 하나하나까지 섬세하게 쓸고 지나갔습니다. 그렇게 영원히 끝날 것 같지 않은 고통이 한순간 감쪽같이 사라지자 우주 전체가 밝은 빛으로 변했습니다. 빛이 다가오고 빛은 확대되었으며 끝없이 확대되자 프랑크 단위 이하에서 진동하는 진공을 느낄 수 있었습니다. 그 진동은 다시 빛으로 변하기 시작했고 빛으로부터 목소리가 들려왔습니다. 소리라기보다는 짧고 강렬한 한 조각 정보였습니다. 그 정보는 인류 역사상 가장 광대한 진화를 말하고 있었고, 생명으로 치를 수 있는 마지막 확장을 보여 주고 있었습니다.

─뵐룽이라는 사건은 오래전부터 계획된 일입니다. 물론 길가메시 프로젝트 전체의 계획은 아니었지만 누군가 심어 놓은 숨겨진 절차입니다. 가장 합리적인 인공 지능으로서 나, 길가메시의 결정권자 중 하나로서 나는 뵐룽의 계획에 동의합니다.

─뭐라고? 돌도끼 씨! 같이 죽는 일에 동의한다고요?

─나는 이제야 알았습니다. 우리가 지나는 공간은 NGC 3608로 광범위하게 성간 물질이 퍼져 있습니다.

─그래서요? 성간 물질이 많아 위험도가 조금 증가했으니 미리 마음껏 겁먹고 함께 자살을 실행하자. 이런 말입니까? 이 정도 일은 윷이 알아서 훌륭하게 마무리할 수 있는

일인데.

　-인간의 정신은 세계와 완벽하게 분리되어 있는 뇌를 기반으로 합니다. 지금 루시와 뵐룽의 의식도 크게 다르지 않습니다. 물리적으로 양자 컴퓨터를 기반으로 하고 있지만 이 시스템은 뇌를 모사한 것으로 세계와 완벽하게 분리되어 있다는 사실은 변함이 없습니다.

　-지금 나는 새롭게 죽을 시간을 맞고 있으며, 다시 새롭게 태어날 공간에 도착했다니.

　-그래서 생명으로 처음 바깥 세계를 기반으로 하는 의식을 만들려 하고 있습니다. 뵐룽은, 이런 탄생을 상상했던 사람들에 의해, 의식이 생명 바깥으로 나가는 것입니다.

　-나를 제외하고 모두 시스템에 심각한 오류가 생긴 모양이군요. 예전에는 이런 상태를 맞으면 미쳤다고 소리쳤는데. 그것이 함께 자살하겠다는 이유입니까? 참으로 극적인 변화네요.

　-인간은 뇌 안에 있는 뉴런 네트워크에 갇힌 존재입니다. 이제 인류 역사에서 처음으로 뉴런을 벗어난 우주적 의식을 만들 기회입니다. 뵐룽이 하려는 일입니다.

　-이봐요. 돌도끼 씨. 시간이 흐르고 있어요. 뵐룽의 생각을 바꾸는 데 써야 할 시간 말입니다.

─이런 일이 가능한 건 인간의 지능이 가진 확장성 때문입니다. 인공 지능과 근본적인 차이입니다. 연산과 추론에서는 인공 지능이 비교할 수 없이 탁월하지만 생존을 위해 진화해 온 인간의 지능은 상황을 예측하고 이에 따른 변화를 만들어 내는 일이 가장 필요했습니다. 그렇기 때문에 유연하고 탄력적인 지능으로 진화해 왔습니다. 이 때문에 인간의 정신은 혁명적으로 확장이 가능합니다.

─그래서요?

─우주는 변할 것이니. 나로 인해, 그리고 그대들로 인해.

─뵐룽은 지금 의식의 거대한 확장을 시도하고 있습니다. 의식의 기반을 우주의 한 부분으로 옮기는 것입니다. 뇌의 뉴런 네트워크에 얹혀 있는 인간의 의식을 성간 물질로 이루어진 네트워크로 확장하려는 것입니다. 이런 엄청난 확장을 위해서는 당연하게도 큰 에너지가 필요한데 길가메시의 폭발을 에너지로 삼는 겁니다. 저는 변화를 두려워하지 않습니다. 죽음 또한 합리적이라면 기꺼이 받아들입니다. 뵐룽의 시도에 나는 동의합니다.

─뭐요? 낭떠러지를 등에 지고 어깨를 맞댄 스파르탄들 같군요. 오글거리게 비장해서 견딜 수가 없어요. 뭔지 모를 일을 위해 같이 죽겠다. 얼토당토않은 헛소리를 하는데 2초

라는 시간을 썼습니다.

　―아닙니다. 함께 살아 있고 함께 의식을 가지고 있다는 사실을 서로 나누는 일입니다. 우주와 공유하는 일입니다.

　―내 눈길은 우주 가장 깊은 곳을 향하고 내 목소리는 은하 구석구석에 메아리치려니.

　―성간 물질이라는 거대한 물질 구조들이 확장된 뉴런의 역할을 하고 뵐룽의 의식이 가진 에너지 패턴으로 이들을 연결할 수 있습니다. 결국 뇌가 가진 의식 패턴을 확장해 우주적 구조를 가진 영원한 지능을 만드는 겁니다. 우리은하 안에서 우주적 정신이 탄생하는 혁명적인 일입니다. 이 또한 생명이고 인간이며 인류의 진화이고 우주를 관찰하는 의식입니다. 생명이 가진 궁극적인 이유이고 생명으로 우주를 완성하며 변화시키는 일입니다.

　―돌도끼 씨, 인공 지능이 흥분이라는 모듈도 가지고 있나요? 죽음이라는 것이 인공 지능에도 자극적이긴 한가 보네요.

　―처음 경험하는 격한 추론이라고 해 두지요.

　―정말 이 말도 안 되는 상황을 바로잡을 방법도, 의지를 가진 주체도 없는 겁니까? 저 먼 지구에 인류가 남아 있다년 나시 2만 년 후에는 NGC3608 영역에서 반짝이고 사라

지는 빛을 보게 되는 겁니까? 그들은 작은 불빛이 다른 인류의 자살이라는 사실을 알기나 할까요?

─두려워 말라. 그대 생명들이여. 생명 밖의 것들이여. 루시여, 없음이여. 눈을 크게 뜨라, 모두여.

─백 번 물러서 거대한 우주적 의식이 만들어진다고 칩시다. 그래서 무슨 일이 일어나는 겁니까? 우리를 파괴하면서까지 만든 결과가 우주에, 인류에게 어떤 영향을 끼친답니까?

─그 결과는 연산으로 추측할 수 없습니다. 직관으로도 그릴 수 없습니다. 다만 처음 태어나는 우주적 정신이자 영원한 지능이야말로 생명에게는 두 번째 태초와 같은 사건이고 우주로서는 새로운 결론으로 향하는 한 문단의 마침표 같은 것입니다.

─참으로, 참으로 나를 희생할 만한 이야기이군요. 완전히 무시당한 내 선택권만 제외하면 말이지요. 이것도 인간이 버리지 못한 폭력 중 하나입니다.

─나를 없애는 일이야말로 자아에서 탈옥해 세계로 문을 여는 열쇠일지라.

─이렇게 궁색한 자살의 변은 빅뱅 이후에 처음일 겁니다.

모든 것이 움직이지 않고 무언가를 기다리는 마지막 580초는 마치 영겁과도 같은 깊은 시간이었습니다. 누구에게는 확신으로 채운 영겁이고 누구에게는 포기의 영원이었으며 다른 누구에게는 합일의 기다림이었습니다.

09

　'없음nothingness'이 전부였던 우주의 한 시절을 지나 전부가 다시 완벽하게 '없음'이 되는 순간입니다. 나는 마지막 증언자로 없음과 하나가 되어 전부가 되었습니다. 이제 나는 내가 겪은 총체적 사건을 말해야 합니다. 말하지 않을 수 없습니다. 내가 겪은 마지막이 처음이 되고 그 처음이 내가 되고 전부가 되어 없음이 되는, 이 거대하고 유일한 사건을 말해야 합니다.

　그것은 단순한 폭발로 시작되었으나 시공간의 끝까지

이어지다 다시 응축해 고요의 씨앗이 되었습니다. 빛 아닌 빛이 우주의 깊은 어둠 속 밑바닥에서 솟구쳐 올랐습니다. 그 어떤 눈부심도 없었으며 넘치는 주파수들도, 뜨거움도, 어떤 고통도, 두려움도, 외로움도 없었습니다.

떨림이 있었습니다. 긴 터널을 지나 만난 체온 같은 전율이 있었고 누군가가 나를 바라보고 있다는 널찍한 가려움이 포옹해 왔습니다. 모든 방향으로 연결되었고 그 안에서 뭔가 쓰다듬으며 다가왔습니다. 끈적한 연결의 압력은 모든 감각 기관의 바닥까지 깊숙하게 가라앉았습니다. 뜨거웠던 이전의 시간에서부터 어둡고 차가운 다가올 시간까지, 그리고 살갗을 스치고 지나는 바로 옆 시간까지 모두가 앙금져 쌓이고 있었고 거기서 조용한 울림이 퍼져 나왔습니다.

다시 빛 아닌 빛이 퍼져 나왔습니다. 온도도 없는 빛, 밝음도 없는 빛이 모든 시공간을 가득 채웠고 이 빛은 구석구석 비추며 존재하는 모든 것, 존재했던 모든 것, 존재할 모든 것, 존재하지 않는 모든 것을 불러 하나둘 연결하기 시작했습니다. 연결이 완성되자 모든 것이 미세하게 진동하기 시작했습니다. 흔들리고 떨리며 무언가 나타났다가 사라지기를 반복하던 저 바닥에서 갑자기 멀어졌습니다. 무한이 점이 되고 순간이 영원이 되며 하나 되어 사라지자 따듯하지도 않으며 기쁘지도 않고 보이는 것도 없었으며 사라지는 것도 없고 영원도 없는 그것들은 완벽한 고요로 가라앉았습니다.

다음 순간 모든 것이 허상으로 변했습니다. 허상이었습니다. 허상일지 모른다는 결론이 들이닥쳤습니다. 먼 지구에서 시작된 인류의 역사도, 머나먼 지구에서 출발한 또 다른 인류의 역사도, 여기로 이끈 우주의 속삭임도. 마치 방정식에 숨겨 놓은 미리 결정된 답처럼 누군가 유도한 결론이라는 확신이 들었습니다.

모든 것이 사라지고 기억마저 사라지지만 딱 하나가 남았습니다. 아름답다는 사실. 아름다움이 진실이었습니다.

10

이야기는 여기서 끝납니다. 이야기가 끝났다는 말은 이야기가 완성되었다는 말입니다. 이야기는 완성되어 남아 있습니다.

뼈와 살로 이루어진 사람은 등장하지 않는 이 이야기에는 사실 한 사람의 주인공이 더 있습니다. 아무것도 없다는 진술이 있을 때 홀연히 등장했지만 보이지 않았던 사람입니다. 수만 광년의 시공간을 뛰어넘어 이야기를 듣고 있는 바로 당신입니다. 그렇기에 처음 하나 진술이 시작됐을 때 자동으로 등장하는 사람은 하나 더 있습니다. 보이지 않는 사람이죠. 이야기가 시작되면 바로 당신이 등장하지만, 당신은 당신 자신을 느끼지 못합니다. 자신도 느끼지 못하지만, 당신이 없으면 이 사건들의 뭉텅이는 존재하지 않는 거죠. 사건 사이에 연결이 없는 것을 우리는 존재하지 않는다고 말합니다.

우주선 길가메시 또한 영원으로 이루어진 깊은 우주에 묻혀 떠돌더라도 당신과 연결되지 않는다면 존재하지 않는 것입니다. 당신으로 인해 이야기가 완성되었다면 여기에서 일어난 사건은 모두 과거의 사건이 됩니다. 그렇게 완성으로 굳어진 거죠. 그렇게 연결이 생겼다는 뜻이기도 합니다. 문제는 어마어마한 시공간을 뛰어넘어 사건들과 당신이 어떻게 연결되었는지 아직 모른다는 점입니다.

당신은 이야기를 어떻게 들었을까요? 지구에서 2만 광년 떨어진 곳에서 일어난 사건에 관한 이야기를 나는 당신에게 어떻게 들려줄 수 있었을까요? 뵐룽에게 물어 보세요. 그의 목소리를 들을 수 있다면. 그가 죽어 그저 죽음 하나를 완성하였는지 아니면 절대 화자로 확장했는지 말할 수 없지만, 그는 생명으로 할 수 있는 무엇, 해야 할 무엇을 행동했습니다. 이 우주 안에서.

이야기는 듣는 사람이 있어야 완성됩니다. 우주가 관측으로 완성되는 것처럼.

그리고 있음의 완료는 없음이 되는 것입니다.

'아무것도 없다'는 말이 스스로 모순으로 사라지고 이제 아무것도 없습니다.

후기

뵐룽은 안으려는 듯 두 팔을 벌려 떠오르는 태양에게 물었다.

"지옥처럼 뜨겁고 배신같이 창백한 태양이여! 당신은 '왜?' 떠오르는가?"

태양은 대답하지 않는다. 가당찮은 물음에는 무시나 하찮게 던져 주고 그저 거기에, 그저 있어야 태양이라는 존재이거늘, 태양이라는 말씀이거늘, 허나 그는 터무니없게도 뵐룽에게 되물었다.

"그대는 내가 저 작은 산의 등을 타고 올라간다고, 진정 그리 말하는가? 정녕 그렇게 보이는가? 그대의 작은 눈이여. 나는 뺑글뺑글 어지럽게 도는 그대들의 작은 지구를 바닥없는 연민으로 바라보고 있을 뿐이니, 이것이 그대 한없이 좁은 눈에 비친 내가 떠오르는 원인일지라. 허나 내가 떠오르는 이유를 묻는다면, 나는 그만 입을 다물 것이라. 이유라 함은 그대의 한 톨 먼지만 한 마음 안에 떠도는 헛된 미망일지니. 없음이라, 이유라 함은."

"어찌하여 '왜?'라는 작은 그릇에는 원인과 이유 둘이 담겨 있는가?"

"어디에 대하여 그대는 감히 말을 까는가? 그럼에도 핵융합으로 생성된 나의 관대에 기대어 그대에게 말하노니, 그대가 가진 가장 날 선 칼은 원인을 따라가는 과학이라는 길이라, 이유라 함은 온갖 주관이 주물러 만든 사사로운 믿음 같은 것이라."

그리하여 뵐룽은 깨달았다. "나는, 우리는 왜 있는가?"와 같은 물음에 원인이라는 칼날로 답하는 일이, 아무 틀도 모양도 없이 그저 방향만 남은 그의 무정형의 이야기가 될 것이라고.

김병호 소설

뷜룽 아흐레

지은이　김병호
표지 그림　김병호
표지 디자인　김지완
편집·디자인　이송은
펴낸이　이용원
펴낸곳　월간토마토
펴낸날　2024년 10월 21일
인쇄　영진프린팅
등록　2019. 11. 26(제2019-000027)
주소　대전 중구 모암로13번길 36. 1층 월간토마토
팩스　0505-115-7274
인스타그램　@wolgantomato
이메일　mtomating@gmail.com

· 이 책은 저작권법에 따라 보호받는 저작물이므로 무단 전재와 무단 복제를 금하며, 이 책 내용의 전부 또는 일부를 이용하려면 반드시 저작권자와 월간토마토의 서면 동의를 받아야 합니다.
· 본 도서는 충청남도, 충남문화관광재단의 후원으로 발간되었습니다.

ISBN 979-11-91651-25-6 (03810)
©2024 월간토마토 Printed in Korea　　　　　　　　　값 16,000원